樂府

心里滿了,就从口中溢出

KING ZHOU
纣王

康赫 ● 著

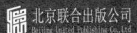
北京联合出版公司

给 HXD

目 录

人物表

楔　子	一	第十四场	一〇七
第一场	三	第十五场	一一五
过渡场	一九	第十六场	一二一
第三场	二一	过渡场	一三一
第四场	三七	第十八场	一三三
过渡场	四三	过渡场	一四五
第六场	四五	第二十场	一四七
过渡场	六一	第二十一场	一五五
第八场	六三	第二十二场	一五九
第九场	六九	第二十三场	一七一
过渡场	八一	第二十四场	一八三
第十一场	八三		
第十二场	九三		
第十三场	一〇三		

人 物 表

小　鬼　讲解员

纣　王　商王

妲　己　王后

箕　子　纣王同父异母兄（史传为纣王叔）

比　干　纣王叔

武　庚　纣王之子

姬　昌　（西伯）商三公之一、周文王

伯邑考　西伯长子

姬　发　（武王）西伯次子

周　公　（周公旦）西伯四子

吕　尚　（姜太公）周大臣

散宜生　周大臣

商　容　商大臣

祖　伊　商大臣

恶　来　纣王扈从

黑　乔　（犬戎王子）戎狄王子

鬼　侯　商诸侯

大巫师

铜　匠

酒　师

少师疆　乐师

奚　密　商车正官

喜　妹　妲己侍女

虞　君

芮　君

伯　夷　孤竹国王储

叔　齐　孤竹国王子

农　夫

农　妇

纣王仆从与侍卫

楔 子

小 鬼 啊呀,他再也伤害不到咱们了,因为他死了。无论他生前多么叫人惧怕,他也顶多只能借这戏台还魂,来跟咱们会面。他成了一个角色,不再是一个人。(连说带唱)舞台上的事,你就放心大胆去看。尽管难免会受感动,却千万不要把它当真。有人开膛剖肚,有人剜鼻挖眼,有人五马分尸,有人被剁成了肉泥,可永远不会有人真的提着一颗血淋淋的人头走上台来,扔到你们座位上去吓唬你们。噢,我们是来看戏的,噢,我们是最安全的。可是为什么,那个被我们称为暴君的纣王从来没有出现在戏台上,也从来没有人写过一出关于他的戏?难道真有这么一个恶魔,即便现身戏台也足以引发惊慌,就算我们三千年前就砍了他的头?要不就是他太荒唐太没有分寸,哪怕仅仅作为一个角色,也会造成混乱,坏了表演的趣味。而咱们,遵照孔老二的教诲,都是喜欢秩序的人。这是一个传统。咱们的传统。啊呀,我说了咱们,我说了传统,我说了咱们的传统。看来咱们是存在的,传统是存在的,咱们的传统也是存在的。说起咱们的传统,我怎么就闻到一股异臭?是秦始皇的死尸在咸鱼堆里腐烂吗?噢,腐烂的身体出卖不朽的品性,而只有臭才能掩盖臭。可这会儿,哪里又飘来一阵肉香?看来肉原本可以照亮肉。(景亮)

第 一 场

【酒池肉林外】

〔大巫师躺在地上打呼噜。一只觚一只瓿翻倒在地。一个小男孩啪啪抽打陀螺,边上跟着一个小女孩。不时有歪歪倒倒的男女走过,噢噢叫着,边走边吐。男孩奋力挥鞭。陀螺飞起来,击中大巫师脑袋。大巫师大叫一声,一股呕吐物跟着从嘴里涌出,完后又打起了呼噜。男孩将手伸进瓿里摸剩酒吃,又让女孩舔他的手掌上的酒。男孩拿陀螺鞭抽大巫师屁股,女孩往大巫师脸上吐口水。大巫师呕吐,打呼噜。两个孩子坐到大巫师身上骑马。大巫师呕吐,打呼噜。

小 鬼　这是我们的大巫师,老天爷的大管家,替主人掌管着世上一切问题的答案。打先祖成汤起,商王要出行，先问他；商王要打猎，先问他；商王要嫁妹妹，先问他；商王要征伐诸侯方国，先问他；商王要祭祀上帝先祖，先问他。求老天爷给准信，就得供献血和肉和酒。待老天爷闻过一遍，大巫师便开吃开喝。所以，天下巫师皆酒鬼。可这会儿风头变了。纣王出行，不问他了；纣王打猎，不问他了；纣王嫁妹妹，不问他了；纣王征伐诸侯方国，不问他了。至于祭祀上帝先祖，祭坛太高宗庙太远，纣王嫌麻烦，早就不干了。总之，纣王没空问问题，更没心思听答案。从白天到黑夜，纣王的心属于苏妲己和酒，从黑夜到白天，纣王的身属于酒和苏妲己。于是，喝大酒，倒大街，做大梦，日大屄，便成了朝歌的新风尚。可不是嘛，与其向巫师求卦问卜，不如喝上两觚自作主张。我们的大巫师失业了，吃肉喝酒也随之成了问题。不吃肉能忍，不喝酒可不行，因为酒乃酒鬼的唯一真理。

〔小鬼夺过男孩的陀螺鞭打俩孩子。孩子逃走。

小鬼拿陀螺鞭打大巫师。大巫师呕吐，打呼噜。

小　　鬼　打是打不醒的，得往他嘴里倒点真理进去。

四

〔小鬼提起瓿往巫师嘴里倒，空了，将瓿扔地上。一辆独马挽车忽东忽西，走走停停，拉着一只巨大的青铜酒器上。车夫边驾车边喝酒，看上去已经睡着。铜匠和酒师摇摇晃晃在一边走。

大巫师 （吸鼻子，一骨碌坐起）来来来，来一瓿来一瓿。（打出一个大嗝）臭，鸭子嗝。有人打个鸭子嗝就说家里要进贼，有人梦里掉个牙就急着给自己做棺材，有人看见鹭鸶打架就说要发大水，有人听见母鸡打鸣就说那家人会断子绝孙。你看，大巫师说不上话，人就开始乱说话。（跟着马车转动脑袋，吸鼻子）不过，大力士这么一折腾，这酒倒是变得越浓越香越好喝了。（抱瓿滚向马车）

小　鬼 既然真理上场了，我就先下了。（下）

酒　师 （拉停马车）哎，这边，后门。咱从后门进宫，免得倒醉鬼又来半路打劫。

铜　匠 千万千万别让倒醉鬼给撞见，要不然这酒就送不到大力士那儿了。

〔铜匠推开酒器盖子，拿手指蘸酒，放嘴里舔，推回盖子。大巫师滚到了马车底下。

酒　师　不许再喝了,咱已经喝掉了五股之一。(推开盖子)

铜　匠　不许再喝了,再喝要被大力士抽筋剥皮了。

酒　师　嗯,你这酒器设计得是真巧妙,叫什么?

铜　匠　大冰鉴。

酒　师　大冰鉴。哎,这名字取得好啊。在进献大力士之前我要再好好看一看。(拿手指蘸酒,放嘴里舔,推回盖子)

铜　匠　嗯,你这酒酿得可真是香,叫什么来着?

酒　师　小烧酒。

铜　匠　小烧酒,哎,烧酒,这名字取得好啊。真能烧吗?

酒　师　能烧。

铜　匠　哎,烧酒,在进献大力士之前我要再来烧它一烧。

〔铜匠推开盖子,拿手指蘸酒,放嘴里舔,推回盖子。酒师立刻又推开盖子。

酒　师　你看,这中间是酒,这四边是冰。这里放一只勺子(拿起勺子),这里搁一只觚(盛一觚酒,推回盖子)。见了鬼了,这天热的。

铜　匠　我就说嘛,旱死个人。(立刻推开盖子)

酒　师　(一口干)啊,一条直线,又冷又烫。

铜　匠　这中间是酒,这四边是冰。这里放一只勺子这里搁一只爵。(盛一爵酒,推回盖子,一口干)哦一条直线,冰镇火烧。

酒　师　(推开盖子)热啊,不喝一觚要死,只喝一觚要命。(盛一觚酒,推回盖子,一口干)

铜　匠　(推开盖子)真干,不喝一爵会死,只喝一爵不如去死。

〔铜匠盛一爵酒,推回盖子,一口干。大巫师从马车下爬出来,站在两人身后。

酒　师　你看到倒醉鬼了吗?

铜　匠　我正要问你呢,你看到了吗?

酒　师　(推开盖子)见了鬼了。(盛一觚酒,推回盖子)

铜　匠　(推开盖子)我就说嘛。(盛一觚酒,推回盖子)

酒　师　倒醉鬼会掐算,咱们还是赶紧走。

铜　匠　一掐一个准,这倒醉鬼。赶紧走。(两人干杯)

大巫师　(夺过两人酒)不要慌。

酒　师　见了鬼了。

铜　匠　我就说嘛。

铜　匠　大巫师,你手在抖。

大巫师　(一口喝完一爵)你看,不抖了。

酒　师　这只也在抖。

大巫师　(一口喝完一觚)你看,也不抖了。

铜　匠　见了鬼了。

大巫师　神界和鬼界酒荒闹了许多年,诸神众鬼天天跟我讨酒喝。

酒　师　我就说嘛。

大巫师　这手是我抖的,却是他们抖的。

铜　匠　确实确实。

大巫师　这酒是我喝的,却是他们喝的。

酒　师　就是就是。

大巫师　这叫冰鉴对吧,这中间是酒,这四边是冰。这里放一只勺子(拿起勺子),这里搁一只觚,那里搁一只爵。(左手盛一觚酒,右手盛一爵酒,两口干)啊啊,一条直线,冰镇火烧。

酒　师　确实确实。

铜　匠　就是就是。

〔两人眼睛跟着大巫师手里的觚移动，不住咽口水。

大巫师 这天热的，不喝一觚要死，只喝一觚要命。（盛一觚酒，推回盖子，一口干）

酒　师 见了鬼了。

铜　匠 我就说嘛。

〔两人眼睛跟着大巫师手里的觚移动，不住咽口水。

大巫师 这天干的，不喝一爵要死，只喝一爵还不如去死。（盛一爵酒，推回盖子，一口干）

酒　师 别喝了大巫师，再这么喝下去，咱俩就该上炮烙了。

大巫师 你俩上了炮烙，我岂不是喝不上酒了？行，不喝了。（从地上捧起瓿，一勺勺往里舀酒）

铜　匠 别装了大巫师。

大巫师 行，不装了。

酒　师 你还在装。

大巫师 对，还在装。

铜　匠 救命啊。

酒　师　救命。

大巫师　行!

酒　师　怎么就行了?

大巫师　我说了,酒是我喝了,却是他们喝的。大力士懒得行祭礼,我这就等于帮大力士把他最烦的事给处理了。

铜　匠　这就行了?

大巫师　行了啊。大力士不敬天地鬼神,可也没说非要跟他们作对啊。来来,庆祝一下。

铜　匠　庆祝一下?!

酒　师　庆祝一下?!

〔三人干杯。铜匠、酒师随马车从另一边下,大巫师继续喝酒。箕子上,手里举着一块甲骨。

箕　子　干燥的骨头,沉默的骨头,破碎的骨头,隐晦的骨头,穿过无边泥泞在黑暗之河剔净了腐皮与烂肉。无人知晓你支撑过一条什么样的命,于是让你来指代天命;无人记得多少年岁从你这里流经,于是让你来指代光阴。命运就在这一条条暗纹里翻涌,借着偶然的裂痕彰显必然的判决。未来透出虚弱的光，在这只软弱的手中，一点点的臭。

〔大巫师呕吐，继续喝酒。一个裸女从左侧醉醺醺上，在箕子面前打一个酒嗝，顺手摸一下他的裤裆。箕子掩鼻，抬头出神。喜妹裸体踉跄追宫女上。

箕　子　他们掌握了过去，对，他们掌握了未来，对，他们就要掌握一切。

喜　妹　文质彬彬的箕子郁郁寡欢的箕子滴酒不沾的箕子。（捧起箕子脸亲，下）

箕　子　享用不到牺牲和淡酒，他们不肯降下一滴雨水。（手抹脸，闻手）这就是女人的味道吗，这一股子狐骚？

大巫师　文质彬彬的箕子，郁郁寡欢的箕子，滴酒不沾的箕子，要不要来一口？

箕　子　为我们看管未来的人，将我们的未来泡进了自己的酒缸里。

大巫师　怨愤是一种毒药王子殿下，烧心伤脑毁面容。这东西，倒是一味绝好的解毒剂。

箕　子　西伯入狱前断言自己有七年牢狱之祸，若真是那样，今天他就要出狱了。

大巫师 西伯若是那样说，那老天就该那样做。

箕　子 你教西伯制作甲骨，刻写卜辞，识辨兆纹，你还教他推演八卦运算天命。

大巫师 确实如此王子殿下。当年接受周人联姻请求的是帝辛陛下，不是我。我教西伯的那点东西，帝辛陛下，比干王叔，还有你，箕子殿下，有谁不知道吗？有谁在乎过吗？既然无人在乎，那么神圣的祭坛就只是一个碍事的土堆（从箕子手中拿过甲骨），这探求命运秘语的甲骨不过是一块让人掩鼻的白骨。你们的姬姓亲家一趟趟跑过来，带了我久违的酒和肉，还有恭敬，来换那些没人在意没人要的东西，我不换吗？

箕　子 西伯坐了七年牢，将你教他的伏羲八卦推演成了六十四卦。

大巫师 听说了，我这条酒肉之路看来是要断了。

箕　子 他新写的那些象辞，里面有些奇怪的说法，或许只有大巫师你能读懂。

大巫师 世事总是颠倒了再颠倒。我昔日的学生，如今我恐怕得拜他为师了。

箕　子　（自语）定是深藏了祸心。

大巫师　箕子殿下不妨自己动手，杀了他。

箕　子　我是一个废人，既无提刀的力气，也无杀人的勇气。

大巫师　那你就只能跟你同父异母的弟弟去商量了。

箕　子　辛的口才能说服命运改变自己的航道。辛的臂力能扭转乾坤旋转的方向。辛的好奇心让他想要一探究竟，凡人的力量能否胜过上天的意志。

大巫师　既然如此，就听天由命随它去吧。

箕　子　从酒坛子前抬起头来吧大巫师，问一问这半年不肯降下一滴雨水的上天，我们大殷商是不是就要落入姬姓周人的手中。

大巫师　为老天爷看守众生命运的人，终其一生，只能行走在阴阳交界的窄缝里。这是一件苦役。既然大力士已为我解除了这祖传的苦役，我怎肯丢下这醉人的日子，重新回去做非人非鬼的巫师？

箕　子　快了吗，已近在眼前了吗？

大巫师　不问不知，至少能假装不知。不如不问。（将

甲骨还给箕子)

箕　子　（喃喃）他们掌握了过去,对,他们掌握了未来,对,他们就要掌握一切。

大巫师　哈哈,我掌握了快乐,你掌握了忧伤。我掌握了美酒,你掌握了乌龟。

箕　子　什么也瞒不过大巫师。

大巫师　千年元龟何时造访箕子殿下?

箕　子　半月前,它托梦给我,要我救它。按照梦里提示,我在洹河的一张渔网里找到了它。天玄地黄,足有半个车轮大小。龟甲幽森,其纹若龙在云中,仿佛雷电将至,风雨欲起。

大巫师　王叔比干就要回来了。

箕　子　看来这是上天的旨意,要王叔比干用千年元龟重修商人大典。

　　〔少师彊抱琴上,腿上淌血。箭头透过琴板钉在乐师腿上,露出箭羽。

大巫师　一向慢条斯理的大乐师,怎么走路乱了节奏?

少师彊　妲己。

大巫师　妲己?

少师彊　大力士。

大巫师　慢慢来慢慢来,先喝口酒,压压惊止止痛,慢慢说。(递少师彊酒)

少师彊　(一饮而尽)我花了整整三个月,写出一支庄重又典雅的新曲,今天去弹给帝辛陛下听。才弹了一小节,妲己捂住了耳朵,又弹了一小节,妲己拿了箭要来射我。大力士上去手把手教她,你这样这样,就能这样。然后我就这样了。

箕　子　那个贪玩的人,那个贪玩的人。

〔铜匠与酒师上,各人屁股上划了一道大口子,均淌着血。

大巫师　今天是什么喜庆的日子,一个个都挂了彩来凑热闹。

酒　师　一个中大奖的日子,我酿出了能点起火龙的烧酒。

铜　匠　一个得头彩的日子,我铸成了能镇火龙的大冰鉴。

大巫师　你们没说酒全是我偷喝的吗?

酒　师　说了。

铜　　匠　这都行?

大巫师　你们说大巫师说，酒是他喝的，却是他们喝的。你们又说大巫师又说，帝辛陛下不想行祭礼，他这就等于帮陛下把陛下最烦的事给处理了。你们还说大巫师还说，帝辛陛下不敬天地鬼神，可也没说非要跟他们作对啊。

酒　　师　见了鬼了，千真万确。

铜　　匠　我就说嘛，一字不差。

大巫师　大力士这才没要你俩的命。

铜　　匠　就赏了咱俩一人一刀。(武庚上)

大巫师　乐子不嫌多。

酒　　师　啥乐子?

铜　　匠　哪儿呢?

少师彊　唉，武庚太子。

大巫师　(举酒) 武庚。过来武庚。

武　　庚　(走近) 呃呃呃呃。

大巫师　跟之前一样，我来喊你来指，指对了给你喝酒。

武　　庚　呃呃呃呃。

箕　　子　武庚，不要玩这个肮脏的游戏!

大巫师 鼻子！嘴巴！卵子！啊你猜中了。(递酒给武庚)

武　庚 (喝酒)呃呃呃呃。呃——

酒　师 我来。卵子！卵子！嘴巴！鼻子！额头！眼睛！卵子！嘴巴。猜中了。(递酒给武庚)

武　庚 (喝酒)呃呃呃呃。呃——

铜　匠 我来我来。鼻子！鼻子！眼睛！鼻子！额头！额头！卵子！猜中了。(递酒给武庚)

武　庚 (喝酒)呃呃呃呃。呃——

少师彊 我最大的错，就是没有听太师疵劝，随他一起奔周。(与铜匠酒师下)

武　庚 呃——呃——呃——呃——(追，下)

大巫师 武庚，眼睛，鼻子，卵子。(追，下)

箕　子 礼已崩，乐也坏。他们掌握了过去，他们掌握了未来，他们就要掌握一切。(下)

〔比干上。

过 渡 场

小　鬼　（在舞台一侧大声地）比干来了。

比　干　这熏人的风，来自王宫方向，叫我这副常年驰骋疆场的身子骨一时有些松软。或许只是因为我离家太久，一回王都便格外的兴奋，可身体却只想一动不动倒在床上。朝歌的面貌没有太大变化，味道却已与两年前大不相同。它失去了往日的威严庄重，看着有些肮脏，有些混乱。我听到了很多笑声，一路从各个昏暗的角落里冒出来，它们没有让我感受到近乡的快慰，反倒是让我多了一分对王都的疑虑和担忧。

〔不时有年轻人打打闹闹跌跌撞撞从边上经过。可为什么不从好的方面来考虑问题呢？也许是我那一向不爱向上天先祖奉献牺牲和淡酒的侄儿，忽然脑子开窍，在附近的宗庙刚刚做完一场祭祀大典。若是那样，这满城的酒气对我倒不失为一个安慰。呵，再凶残的野兽也会老去，在温暖的阳光下缓缓垂下自己的脑袋。岁月这冷漠的收债人,正在替上天收回它慷慨赐予我的体力,它一直就像来自地心的涌泉,似乎永远都喷吐不完。这会儿,从我汩汩流淌的血液送向四肢的力量,已经赶不上它们被消磨的速度。无论如何,我总算征服羌方,勉强保住了一位王叔应有的尊严。老天留给我的时日不会太多了,但愿我能安享余下的岁月,再不用踏上他方的土地去跟年轻人拼杀。

第 三 场

【酒池肉林】

〔纣王、妲己及众男女均裸身，一些在饮酒，一些在打闹。纣王抱妲己，前面摆着铜匠新发明的青铜大冰鉴，两个仆人抬来冰块码放在外层，两个仆人从内胆取小烧酒为纣王与妲己添酒。

纣　王　若是不必为你的身体担忧，你咳嗽的时候真是太美了。每当你因咳嗽满脸通红，身体轻轻颤动，就像桃花在风中摇摆，散发出缕缕芬芳，比这香醇的美酒，更令我沉醉。
妲　己　也许那只是香料的功劳，稍不留神，说不定就飘出一股让人不快的味道。
纣　王　嗯，满朝文武都说你是一只千年狐狸。这倒是一个不错的说法。我真想见识一下，从这琥珀一般的身体里，如何长出一个毛茸茸的尾巴来。

妲　己　小心，美丽的尾巴后面通常都拖着一长串可怕的灾祸。凭着陛下的神武，殷人本可彻底荡平天下，谁料有苏国的妲己出现了，霸占你的身体，吮吸你的精气，销蚀你的力量，磨灭你的意志。噢，帝辛陛下，你快有一年没上朝了，赶紧离开这纵欲的池苑，回到那些絮絮叨叨的大臣们身边去吧。

纣　王　（轻抚妲己）多么优美的线条，划出了我全部疆域的边界，拥有了它我就拥有了一切。我不会傻到丢下它，去接近那些面目可憎的人。

妲　己　我决定让所有人刮目相看。

纣　王　说说你的决定吧，看看大臣们的絮叨是怎么刺激到你了。

妲　己　我要跟你一起去人方，陪在你身边为你助阵。

纣　王　看来酒还真是一样好东西，能让柔弱的女人即刻爱上铁剑。我们殷人有过不少喜欢带兵打仗的王后，但是以你的体质，恐怕经受不起征战之苦。

妲　己　比起独自守着空荡荡的王宫打发日子，征战之苦算得了什么。

纣　王　王宫、鹿台和这里，所有东西所有人，全是你的。趁我不在，你可以尽情享受一段无拘无束的逍遥时光。

妲　己　没有你的陪伴，再辉煌的宫殿对我也荒凉如墓穴。可你，走到哪里哪里就会有婚庆盛典，沿途的诸侯和方国国君一个个都会迫不及待，把自己最漂亮的女儿往你怀里送。都说人方多美人，每次想到这样的场景，我的胸口就一阵阵绞痛。

纣　王　就算你终日守在我身边，这种攀亲联姻的事情也免不了要发生。我们殷人一向通过征战获取财富和荣耀，但有时候也会接受诸侯方国的联姻请求。除了促成各取所需的交易，它与进贡一样意味着臣服。

妲　己　在陛下怀里躺了八年，妲己已经老得不成样子。

纣　王　你不必担心衰老，我们都会在变得太老以前就死去。

妲　己　在变得太老以前就死去，这话听着让我难过，却又给我莫大安慰。

纣　王　南面的人方是极难征服的一族。他们出尔反尔，不拼到走投无路决不肯缴械投降。与不堪一击的羌人相比，我更喜欢跟人方打仗。这次，我打算将他们彻底击倒。不过对你来说，这事太过危险。

妲　己　就像那些一向食不厌精的人忽然很想吃一顿粗粮，我过早品尝了人生盛宴的种种至味，危险反倒成了我眼下最渴望享用的食物。我要跟着你去征服人方，因为你说这事危险。

纣　王　好吧，既然你如此渴望像妇好那样征战沙场，我马上让人教你马术和剑术，免得你到了战场，不是被人杀死，而是从马背上摔死，或是不小心为自己的刀剑所伤。

妲　己　我已经练了半年剑术了。

纣　王　这事多么新鲜，我居然毫不知情。

妲　己　我先拿稻草人练，进展神速。我就开始跟奴隶练，把他们绑在树上，只留拿剑的手可以自由活动。我从正面攻击，通常很快就能刺穿他们的心脏，要是不成，我就从一侧砍下他们的脑袋。

纣　王　我也想把自己绑在树上，领教一下你的剑术。

妲　己　这事太过危险，我的大力士。（笑，咳嗽）

纣　王　你又咳嗽了。

妲　己　打小就有的老毛病。

纣　王　若是世上有药能治好你的病,我一定为你办到。

妲　己　很久以前,有个巫医给过我父亲一个药方。我父亲觉得那方子太过离谱了,就将它丢在了一旁。

纣　王　什么药方?

妲　己　说是若有一个圣人,肯把自己的玲珑心剜下来给我吃,我的病就能好。

纣　王　那么多人自称是圣人。看来真正的圣人,先得是一个傻瓜。

妲　己　巫医的话,听着都像鬼话,不必太过当真。炮烙造好了吗?我想看看一个活人怎么在上面发出惨叫。在傻瓜圣人送来自己的玲珑心之前,这倒不失为一帖缓解我心病的好方子。

纣　王　若不是你一再坚持,我不会去造这古怪的刑具。我喜欢一剑将人杀死,讨厌这样没完没了把人折磨。

妲　己　让那些喜欢造谣中伤的人多听一听这种惨叫,他们就知道如何闭上自己的嘴了。

纣　王　人人都长一个舌头,这不是一件有趣的事情。

妲　己　尤其是王叔比干那个舌头。你可以让所有人闭嘴，却不能叫王叔比干不发高论。

纣　王　我们的比干王叔总是那么紧张，哪怕把整个世界都塞进他怀里，他的眉头也绝不会因此舒展。

妲　己　他好为人师，对什么都要品头论足，对谁都要指手画脚，即便是你，我的大力士。真是让人讨厌。

纣　王　父王临死之前，将我托付给了比干王叔。他一手将我带大，自然就视如己出。对这样的人，我们需要有一些耐心。

妲　己　听说他从羌方带回了三千战俘。

纣　王　嗯，比干王叔一向有勇有智，很会打仗。虽说如今年事已高，那些弱不禁风的羌人毕竟不是他的对手。

妲　己　你不如借来做一次大的人牲祭祀，免得他叨叨个没完，说你亏待了上帝先祖。

纣　王　你要把他征战两年所得的奴隶拿来挥霍，哈，他会急的。

妲　己　既然他老催着你祭祀上天诸神和列祖列宗，叫他献出自己的奴隶也理所应当。都说比干王叔是位圣人，应该不会如此小器。

纣　王　嗯，我到时候还他三千人方战俘就是了，三千力强体壮的真正斗士。他应该会喜欢这样的好买卖。

小　鬼　（在舞台一侧大声地）商容来了。

〔商容上。

纣　王　商容，他还活在人世吗？无趣的人总是能够长命百岁，即使全世界的人都死光了，他们也一定要磨磨蹭蹭再活上几年。啊商容，你就自己进来了？

商　容　我有陛下的祖父文丁大帝亲赐金牌，不论王宫与别苑，我商容都可以随意进出。

纣　王　外头林子里有不少野兽，向来只认血腥与肉膘，可不识什么金牌银牌。

商　容　我今天来见陛下，不是为炫耀自己的特权，而是要向陛下进言。

纣　王　你的进言我听过很多了，说来说去就那几句。你还是把那块金牌还给我吧商容，免得你一把老骨头了，还去塞那些野兽的牙缝。

商　容　受文丁大帝和陛下的父亲帝乙之托，我和比干本当一起辅佐陛下，直至四海咸服天下一统。如今，陛下材力过人，可手格猛兽，知足以拒谏，言足以饰非，且声高天下，才傲群臣，早不把我们这些老骨头放在眼里。既然如此，我商容有何脸面还赖着不走？

纣　王　唔，你一向口齿不清，但还算识得大体。

商　容　在离开王都之前，我还有几件事情想要请问陛下。

纣　王　你问吧，千万不要没完没了。

商　容　听说炮烙就要造好了。

纣　王　那是一件叫人赏心悦目的东西。

商　容　为讨苏妲己欢喜，陛下造出这么个古怪残忍的刑具，据说是专为对付我这等爱管闲事的人的。

纣　王　确实如此，所以赶紧带着你的仆人和你积攒多年的财宝回老家去吧。

商　容　不急，不管是上炮烙还是回老家，从陛下眼中消失都是片刻间的事。既为三朝元老，我今天想要多说几句。

纣　王　你执意如此，就请长话短说。

商　容　姬昌狱满七年，听说他大儿子伯邑考已带着一队香车美女要来赎他。

纣　王　听着是个不错的消息。

商　容　周人一再被我们践踏凌辱，却仍一再低三下四恳求与我大殷商联姻，不过想拿殷人高贵的血统提升他们卑贱的种姓。

纣　王　这不是什么秘密。

商　容　但这是豺狼的习性。

纣　王　这是个不错的比方。可惜从周人身上我只看到羊羔的羸弱，闻不到半点豺狼的血气。

商　容　当年为迎娶文丁大帝的妹妹，姬昌的父亲甘愿为文丁大帝牧马，可仍为文丁大帝所杀。姬昌不仅不为父报仇，反而在西岐为文丁大帝和帝乙各立一宫一庙，以示对我大殷商死心塌地的忠诚，而陛下终于也同意他迎娶了陛下的远房妹妹。

纣　王　这也不是什么秘密。

商　容　姬昌立文丁神宫与帝乙神庙，示忠诚是假，希求与我们殷人一样的祭祀权是真。据说姬昌出生时满屋生辉，他祖父古公连声大喊"我们周人要兴旺了"！豺狼最会忍气吞声，因为它们终究要来吃你的肉喝你的血的。

纣　王　那我们就慢慢等吧，直到这只羔羊有一天张开血口，向我们露出豺狼的獠牙。

商　容　请帝辛陛下即刻起兵，趁豺狼还没有变得强大，杀死它。

纣　王　我要暂时放周人一马，先给人方致命一击。

商　容　这些南方人出尔反尔不肯臣服，但并没有对我们构成实质的威胁。我们真正的敌人在西岐。

（妲己打哈欠）

商　容　姬昌不仅在西岐私立我们殷人先祖的神庙，还从那个老酒鬼大巫师那里偷学了识辨兆纹刻写卜辞的技艺。狱中七年，他又用蓍草将大巫师传他的伏羲八卦推演成了六十四卦，不论演算天命还是解释神旨，本事都已在大巫师之上。这头豺狼一直在觊觎我们殷人与上帝诸神交流的特权，意欲打破我大殷商先祖确立的非我族类绝地天通的律令，擅自祭祀上帝，解释天意。

纣　王　由他们去祭祀我们的神祇和先祖吧，省得我再费心思，另行烦琐的祭礼。

商　容　糊涂又傲慢的大力士啊，你放弃了神祇就是放弃了人心，放弃了人心就是放弃了整个天下和你自己的王座啊。

纣　王　天下、王座、人心，这是三样东西。借玩人心玩王座与天下，是一个古老的游戏，花样繁多但了无新意。

商　容　但这就是人的游戏，谁不全力以赴谁就会出局。外面谣言越来越多，说神祇已不再眷顾殷商，说东边殷人杀牛祭祀，不如西边周人拿蔬菜祭祀。姬昌四子姬旦最近又发明一套关于礼和乐的说法，深得方国诸侯与庶民百姓所好，表面……

妲　己　（打哈欠）听没有牙齿的人喋喋不休，可真是一件苦差事。

商　容　苏妲己……

纣　王　商容，你闭嘴吧。这个世界有无数的秘密，你想看到的并不是我想看到的。

商　容　我们殷人的王后一向都有驰骋疆场、带兵打仗的美德。好酒喜淫、妖言惑众只有你妲己一人。

妲　己　你错了老笨蛋，我也喜欢玩杀人的游戏。

商　容　为震慑天下，我们殷人从来不惜血洗敌国，但从来没有哪位先帝或王后将刀剑对准自己的黎民百姓来杀人取乐。

妲　己　我看不出这有什么区别。若有的话，就是你们杀很多人，哄一群人开心；我杀几个人，哄我自个儿开心。

〔箕子上。

商　容　陛下，妲己与炮烙，一个不洁一个不祥。若不即刻杀死妲己、销毁炮烙，成汤王打下的六百年江山必定就此毁坏。

妲　己　我已经有了第一个上炮烙的合适人选。

商　容　八年前西伯带你来见帝辛陛下，虽说年仅十六，我却已看出你一副蛇蝎之相。你和姬昌一里一外，是专来灭我大殷商的。

〔商容拔剑欲杀妲己，被纣王一脚踢倒。

纣　王　商容，你真的不愿回家过安宁的日子，想要现在就死在这里吗？

商　容　如果商人的灭亡不可避免，那请你，傲慢的大力士，这就毁掉我这副无用的皮囊吧。不然，就算回了老家，它也只是一具行尸走肉。

纣　王　那好。

〔纣王一剑劈死商容，侍卫将尸体拖下。

妲　己　唉，得另选他人来试这炮烙了。不过，你们商人身上有一种奇怪的东西，让我在憎恶这糟老头子同时，又不禁为他暗暗赞叹。

箕　子　他为何要这般贪玩，他为何要这般贪玩？

喜　妹　文质彬彬的箕子，滴酒不沾的箕子，郁郁寡欢的箕子。（上前摸他裤裆）

妲　己　每次看到箕子，我就会莫名地高兴。

纣　王　我讲究风度和礼节的哥哥，你一向都认为这池苑是不洁之地。是不是你在自己的梦想里沉溺得太深，一不小心走错了地方？

箕　子　我有识有勇的弟弟，想着你整天浸泡在酒池肉林里，已有一段时间不见你身影，免不了有些为你担心。看你气色这么好，说明是我多虑了。（欲下）

纣　王　既然都来了，那就不妨跟我一起喝点酒吃点肉，滋补一下你虚弱的身体和精神吧。

箕　子　不论命运的线条多么复杂，守在终点的永远是那同一个面孔。它是如此简单，简单到你永远无法将它看透。这薄薄的一个瞬间，像一堵密不透风的大墙，你站在它的这一侧，看不到它的那一侧，就像你听到边上有人在跟你打招呼，你转过头去，却只见漆黑一片。

纣王　喜欢胡思乱想的兄长，你的脸上写满了忧虑，告诉我你最近又有什么新的发现。

箕子　你痴迷女人的胴体、美酒的醇香和刀剑的锋芒，而我，废物一个，只好研究龟甲的裂纹如何书写各人路途的凶吉，闪烁的群星如何在夜幕之上绘出众生命运的图谱。人间再隐秘的野心的暗流，也会投射在大地和天空的某些角落，不仅留下可供比照的印痕，还会显示出变动的征兆。半年没下过一滴雨了，或许上天、先祖想要单独对你说些什么，我们的大祭司何时才肯安排一场像样的祭礼？

纣王　火的天命是燃烧，雷电的天命是击打，血肉之躯的天命，是抢在衰败腐朽的脚步之前尽情消耗，成为泥土。若是一切都要依从上天不可动摇的意志，若是我确实对应着天空中的哪一个星星，它致命的轨道岂非不可逆转？那就请上天降下它全部的威严将我击成碎片，在刺目的光焰中飞向命运虚无的极限。可我怀疑那神秘的力量，那掌握了人间法则的盖天巨手，不过是软弱的人为自己设置的一个幻象。在它下方，他们建起世俗秩序挡住欲望狂暴的面容。他们害怕的不是那神秘力量，而是自己的真相。破坏，破坏，那迷人的强光，不可抵挡的诱惑。所有被决定了的，需要用破坏去再尝试一遍。

箕　子　天空与大地、诸神与众生都早已失和，用不着再去破坏。（欲下）

妲　己　宫里的空气好沉闷，你带我去城里转转吧。

纣　王　我有多少年没有行祭祀了？

箕　子　自从比干王叔远征羌方，至今已经整整两年。

纣　王　我很快就会让你们所有人都感到满意。

　　　　〔纣王吹口哨。车正官奚密牵两马挽车上。

妲　己　啊，两马挽车！

纣　王　奚密，此车性能如何？

奚　密　可供陛下与王后平日出行。

妲　己　我俩出门可以同坐一车了，啊，陛下！

纣　王　我想要的是能带你一起狩猎的战车。

奚　密　禀告陛下,两马战车奚密也已在测试,不日便可完工。

纣　王　尽快为我造出四马战车吧。现在,我要和妲己打扮成周人的模样,去城里找些乐子。

〔三人均下。

第四场

【王都一酒馆前】

恶　来　这是个错误，一个天大的错误。

黑　乔　对，您是个错误，大人，一个天大的错误。

恶　来　我把你这条卑贱的野狗从刀剑下救出，却没为自己带来半点好处。

黑　乔　您将那些壮硕的牲畜从我刀口移除，夺走了我平日里最大的乐子。

恶　来　若不是我花大价钱买下你这狗东西，你这会儿还在跟奴隶格斗，供酒鬼取乐。

黑　乔　在王都流行的各种游戏里，我最喜欢的就是跟战俘格斗，供我自己享乐。

恶　来　呸，自从遇上你这扫帚星，我便财运全无。我每天都梦见把你卖了，可一觉醒来，你还赖在我身边。

黑　乔　大人，我猜想您在梦里还将自己母亲换成了亮闪闪的珠宝。

恶　来　狗东西,等我做完这趟子买卖就把你出手。我若不说到做到,你就是从蛋壳里钻出来的。

黑　乔　赶紧把我卖了吧。从前我是别人的财产,现在我是您的家奴,从前我跟战俘格斗,供酒鬼取乐,现在我对陌生人动刀子,帮您打劫,全都是一回事。不是一回事的只有这一回事:从前我是王子,现在是个奴隶。

恶　来　又吹大牛你这狗东西。除了武庚,天下有哪个王子长成你这猪模狗样?

黑　乔　我们戎狄国是随牛羊走的行国,你们殷商是整天躲屋里的止国。对我们戎狄国人来说,我是地道的王子相,大人您才是猪模狗样。虽说我被帝辛打败做了奴隶,在心底里,我仍是王子,您只是个奴才。

　　〔一商人带数扈从抬箱子上。纣王和妲己从另一侧上。

恶　来　对,我是奴才,我是财宝的奴才,而你是奴才的奴才。看,黑乔,你主人的主人来了,被人关押在箱子里,赶紧去把他救出来啊。

黑　乔　不要慌，这几个箱子里装的十有八九还是乌龟壳。

恶　来　为什么？

黑　乔　我已经闻到了那股子熟悉的臭气。

恶　来　闭嘴狗东西，赶紧给我上。（狠踹黑乔屁股，自己仰天摔倒，在地上喊）只要箱子莫要活口。

〔黑乔拔剑杀死一个抬箱子的扈从。商人与其余扈从逃走。黑乔追下。

恶　来　唉，这狗东西又杀人。可有什么办法呢？爱杀人的去杀人，爱女人的去搞女人，爱财宝的就只好来清点财宝。事情是这样的就没办法是那样的。（拿贴身匕首划开一只又一只箱子，里面全是龟甲）乌龟壳，又是乌龟壳。殷人送乌龟壳到西岐，周人送女人到朝歌。纣王得到了美女，西伯得到了乌龟壳，生意人得到了财宝，所有人都得到了自己想要的，只有恶来得到了他不想要的乌龟壳。就没有人愿意让恶来的眼睛偶尔放放光吗？难道恶来不会死了吗？难道恶来死了之后不是还得把他心爱的珠宝如数还给这个自私的世界吗？

〔黑乔上。

恶　来　全杀了？

黑　乔　一个没留。

恶　来　杀了也好。

黑　乔　（看到一箱箱龟甲）乌龟壳，我说嘛肯定是乌龟壳。

恶　来　狗东西，不，现在我看清楚了，你是卵生的不是胎生的，跟这些臭烘烘的东西一个路数。自从买下你这啄了蛋壳出来的龟孙子，我的霉运就没停过。

〔纣王携妲己上。

黑　乔　看，那边两个。

恶　来　看打扮像是从西岐来的，可周人不可能长这么神气。说不定是那个西伯的儿子，来接西伯回西岐。上上，赶紧上，只要珠宝莫要活口，要是他们把夜明珠藏在嘴里，就打光他们的牙齿好了；要是他们把玛瑙塞在屁眼里，就一剑劈开他们的屁股；要是他们一口吞了宝石不让你抢，那就剖开他们的肚子，掏出肠子来翻个遍。快上啊狗东西，那个女的脖子上挂着一个宝贝呢，那是好东西，是好东西啊。快快快，只抢珠宝莫要活口，也可以不留活口。

〔纣王与黑乔对打数回合，将其击倒。

恶　来　这狗东西的肚子破了，里面没有蛋。（欲逃）

纣　王　回来！（恶来站住）一个十足的无赖，如假包换。

妲　己　哈哈，这主子确实够无赖的。这仆从是个地道的恶棍，如假包换。相比之下，我更喜欢这恶棍一些，他身上多少有一点你从前的影子。

纣　王　嗯，这个恶棍刚才挡了我两剑，不简单。

黑　乔　你是谁？这世上只有纣王能打得过我。

纣　王　是嘛，那我只能是那个"只有"了。

恶　来　如此说来劫着乌龟壳还不是最倒霉的，这不干脆劫到大暴君头上去了。

妲　己　这无赖加这恶棍，绝配。

纣　王　无赖与恶棍总是比别人要赏心悦目。还有什么比去掉伪装的坏更加真实？而真实，总是动人的。

妲　己　是危险的。

纣　王　是啊，你一向喜欢危险。

妲　己　不如带他俩进宫去，比宫里所有奴仆、舞女、乐师全加在一起还让人开心。自从你的比干王叔回到朝歌，这日子过得一天比一天烦闷。

纣　王　你俩跟我去王宫。

恶　来　若是非得在炮烙上变成烤肉的话，就让这狗东西来替我好了。

〔四人下。

过 渡 场

〔小鬼指挂图讲解炮烙之刑。挂图收起。

小 鬼　我们的历史是由孔子本人和孔子二世孟子、孔子三世董仲舒、孔子四世朱熹、孔子五世六世若干世一起书写的。孔子关于等级和秩序学说的灵感来自中国第一任天子周武王的弟弟周公旦创制的周礼。武王灭纣后把周公旦分封到曲阜成立鲁国，周公旦派儿子去当鲁国国君，自己留在武王儿子成王身边治理江山。后来，同为曲阜人的孔子自称是周公的传人，其实他是殷人的后代。在刘邦立汉之前，孔子并没有现在这么得宠。刘邦讨厌孔子，每次在路上遇到头戴儒生帽的人，都要狠狠抽他们耳光，再叫随从摘下他们的儒生帽，亲自在里面撒一泡尿才算解气。不过，他预见到他们刘家有一天需要孔老二那套东西，终究还是在死之前拜祭了一次孔子。帝位传到武帝，刘家遇上外姓入侵权力核心的麻烦，武帝就采纳了孔子三世董仲舒的建议，罢黜百家独尊儒术，还割掉了罔顾龙颜震怒执意为李陵说话的司马迁的鸡巴。司马迁与众不同之处在于他看到了表演，表演的法则是周礼，要演绎的是春秋大义，主要演员是热爱权力和战争的王公贵族。司马迁没有说这是中国式伪善的起源。他对孔老二和汉武帝笔下留情，对纣王就没有那么客气，尽管对于古人来说，炮烙只是一种稀松平常的刑罚，并不比说几句话就割人鸡巴更为残忍。在司马迁描绘的炮烙里，我们还是能够闻到一股淡淡的周人的味道。

第六场

【殷宗庙】

比干　我们殷人是那十个太阳的父亲帝喾的后人。开国先王成汤大帝是那明亮的北极星，太甲、太戊、祖乙、盘庚、武丁众先王，率我殷人一次次由衰而兴，与成汤大帝一起守护在至高无上的帝喾两侧。你们遗弃护佑我们的神灵，让祭台蒙尘，令先祖蒙羞，本已不配走进这座宗庙。你们偷吃供诸神与先祖享用的酒醴，败坏自己的肉体和精神，还败坏了王都的风气。我没有祈请上天降下灾祸，将你们一律灭绝，只因在七大子姓王族中，还有几个像祖伊和少师疆这样的人，并未如你们一般与帝辛一道胡作非为，保持了大殷商王族应有的尊严与得体举止。

祖伊　尊敬的王叔，得体与尊严在朝歌已成了最可笑的两样东西。说实话，因为胸中烦闷，我也偶尔会喝一点酒。希望王叔宽宥吾等过错，允许吾等继续追随王叔左右。

少师疆 英明的比干王叔，我自小跟随太师疵，学习谱写高贵庄重的国乐，要叫臣民听了安分，国君听了安心。可大力士讨厌国乐，只听师涓作的新乐，还教妲己射了我一箭，顺带把我的尊严也给射没了。打那以后，有事没事我就喝上两口。这么一来，您说的"得体举止"也就想不起来了。

酒　师 听师涓的新乐要上瘾，听了就想喝，喝了还想听，见了鬼了。

铜　匠 我就说嘛，宫女听了起淫心，大臣听了生贼心，国君听了欲火焚心。

比　干 你们对着众先王的灵位起誓吧，从今日起虔敬侍奉上帝先祖，再不饮酒行乱。不然，我要对你们痛下杀手，决不姑息。

酒　师 早知道出门前多喝两觚。

比　干 从今日起，（对铜匠）你只许铸祭祀用的酒器，（对酒师）你只许酿供奉神灵的酒醴。我要马上恢复殷商的大小祭礼。

铜　匠 早知道跟你多买些小烧酒搁家里。

比　干　（对铜匠）这象征国运昌盛的青铜九鼎是你先人所铸，到你这里，居然到处收徒弟开作坊，铸造各种古怪的酒具。（对酒师）你先人从来只酿造祭祀上帝先祖用的淡酒，你竟然酿出能点火的烈酒，只差把整个王都一把火点着。

大巫师　王叔禁酒，除了断他俩的财路，也是断我这老酒鬼的活路。

比　干　你是地天相通的执事、亦鬼亦人的信使，可以喝点淡酒，但决不能继续整天狂饮滥醉。（对余众）你们起过誓，就赶紧滚吧。

〔酒师、铜匠、乐师叽叽咕咕发誓后下。

比　干　自成汤大帝始，你的先人就位极人臣，协助商王行祭礼，祈求丰收和胜利，并以龟甲牛骨占卜，获取上天的秘密指示，让商王得以看穿命运的迷雾。如今，朝歌已有半年没下过一滴雨，身为殷商大巫师，你非但没有逼迫帝辛尽大祭司之职，向诸神与先王献牺牲祭酒醴，及时求得雨水以安抚百姓众生，反而天天醉卧街头甘做无赖贱民，你如何面对你先人伊尹灵位？

大巫师　　相比龟甲的神秘裂纹,天上的繁星更是一幅关于万事万物秩序的图谱。虽说大力士很久没有令我用龟甲占卜,因为天天醉卧街头,我反倒是有了更多时间来观看天象。

比　干　　你看到了什么?

大巫师　　昨夜我察看西方天空,但见向来暗淡的鹑火星忽然闪出强劲红光,反而一向耀眼的帝星因受其侵扰变得忽明忽暗。虽说太岁星还留在我大殷商上方,鹑火星还难掩帝星光华,但这异常的征象仍令我心生疑虑。随后我看到一颗流星从西方飞向东方,从鹑火星直奔帝星而来,又很快消失无踪。

比　干　　这是什么预兆?

大巫师　　前两天我从姬昌那里借来了他为自己推演的六十四卦所作的释义。

比　干　　看出什么来了吗?

大巫师　　祸心,大祸心,大得甚至吓坏了它的主人,所以将其打散后分藏在最不起眼的象辞间。不过我毕竟是姬昌的老师,费了点时间恢复了它们的本来面目。

比　　干　说得简明一些。

大 巫 师　"利涉大川，乘木有功也"，"履帝位而不疚，光明也。"这两句够简单明了吗？

比　　干　渡河灭商，荣登帝位？

大 巫 师　对。

比　　干　幸好，他还在我们手里。

大 巫 师　听说伯邑考已经来到王都，要来接姬昌回西岐。

比　　干　帝辛会放了姬昌吗？

大 巫 师　若是王叔许我喝上几觚浓酒，我这就去街上躺着，重新将天象细细察看。

比　　干　去吧。

〔大巫师下。

比　　干　祖伊，你有什么打算？

祖　　伊　像我这种老人对帝辛陛下来说只是废物一个。与其留在王都碍手碍脚，不如去做些力所能及的事情。最近百姓不停在往西岐跑，我想亲自过去了解一下，看看究竟是怎么回事。

比　　干　连商容都成了大力士的刀下鬼，你祖伊却仍以一贯的节制和忠诚看守着我大殷商六百年基业。去吧,你说的事情正好也是我想要了解的。

〔祖伊下。小鬼上。

比　干　(冲小鬼,但视若不见,缓缓说)在我们子姓殷人的血液里,流淌着一种病,在几代君王体内安然沉睡,突然在某个人身上发作,让他凭着一己之力制造惊天骇世的景象。伊尹放逐太甲,祖己训斥武丁。每当王国走近覆灭的边缘,总会有与这顽疾相反的另一股力量及时出现,为殷人抗击暴君,实施矫正。多么相像啊,我的祖父和我的侄子,两人都喜欢带兵打仗,都胆大妄为且战无不胜,也都暴虐淫乱不敬上天。但愿他们的结局有所不同。

小　鬼　(以一帧帧图像演示)比干祖父也即纣王的曾祖父武乙认为自己可以打败天帝。他往稻草人里塞进一颗猪心,并称其为"天神"。他令随从与"天神"搏斗,将"天神"打败,然后掏出里面的猪心生吞下肚。他又做了一只大皮囊,装满猪血悬于树下,再拿箭射它。他称之为"射天",每回都是"天神"七窍流血而死。于是天神震怒,在武乙狩猎之际化作一头白色犀牛,将他引到洛水与渭水之间。就在武乙帝举箭欲射之际，犀牛消失，天庭降下一道闪电，将他劈成两半，烧成焦炭。纣王辛自小能言善辩、机敏过人，且力大无比。辛父帝乙早死，比干力排众议，让辛而不是让长子微子启、次子箕子继承帝位，指望辛像先祖盘庚那样，以其刚烈与冷酷整治王国纲纪，与诸侯方国重修法度，复兴殷道。他没料到帝辛变成了比武乙还要古怪的暴君。

比　干　趁着我还有力气带兵打仗，趁着他还没有成为天下独夫，我必须纠正他乖谬荒唐的行径，让他尽早回到正道。

　　〔恶来与纣王上。

恶　来　帝辛陛下来了。

纣　王　王叔约我在宗庙见面，不知有何训导？

比　干　帝辛陛下，我的大力士侄子，你还认识来宗庙的路，叫我颇感欣慰。

纣　王　虽说我很少正儿八经祭祀列位先王，却经常在黄昏时分，由着莫名的冲动独自漫步到这里。

比　干　我们的宗庙尚且完好，九鼎也一个不少，没有谁敢来毁坏或偷盗。这要归功于诸先王之灵的护佑，不然这神圣的宗庙难免会蒙羞。我知道你不想见到我,可再不情愿,你我死后也都得与这些先王相见,需要对他们有一个像样的交代。

纣　王　王叔说得极是。不过,谈论对于将来的忧虑是件消耗心力的事情,王叔要是愿意坐下来说话,也许能让紧张的情绪稍稍缓解。

比　干　我离开朝歌两年,王都大致仍是昔日的模样,但你的面目却叫我依稀难辨。我心中疑惑,你是否还是那个我全力栽培,又最终推上帝位的人。

纣　王　辛对王叔一向心怀敬意。

比　干　姬昌已坐满了七年牢,你打算怎么处置?

纣　王　放了他。

比　干　放了他?周人阴险而能忍,这可不是什么好玩的游戏。即便身在狱中,那位西伯姬昌也无时无刻不惦记着你的帝位。

纣　王　这些农夫的后人、唾面自干的卑贱种姓,我要给他们机会。

比　干　你体魄比别人强,动辄取人性命,大家只好躲着你;你的嗓门比别人大,只顾自说自话,自然听不见他人的声音；你口才比别人好，足以文饰最无理的想法，诸臣便在你面前缄口；你对百姓征高赋重税，他们不堪重负逃往西岐；你不向先祖行祭祀，先祖便不再祝福你，即便你扶正了妲己，她也未能带给殷人一位心智健全的太子；你不向上天献牺牲，断绝了与诸神的交流，上天就长年不为殷人降下雨水。你用民脂民膏不停修造离宫别苑，还盖起山丘般高的鹿台，网罗天下飞禽走兽奇珍异宝；你与宫女们赤身裸体，听师涓之声，在酒池肉林彻夜宴饮；又造炮烙，杀身旁义士以泄愤，杀无辜黎民以取乐。种种恶行，与夏桀所为如出一辙。先祖成汤大帝当年称桀为独夫，并亲率诸侯将他毁灭，如今你若也执意做独夫狂徒，又怎么能保证没有人挺身而起将你毁灭？

纣王　虽说类似的责难我从别人那里听过一遍又一遍，今天由王叔亲口说出，听起来仍是格外的威严有力。

比干　我的眼睛在变得昏暗，我的手脚在变得麻木，你以后也会一样。你身边有许多殷商的忠诚卫士，他们的眼睛可以扩大你的视野，他们的四肢能够拓展你的行动，他们的舌头会帮你传达不可抗拒的指令，也会及时向你指出错误的倾向。但他们现在却无事可做无话可说，在自己的国度度日如年。天下不会永远只属于我们殷人，人人都会自寻出路。

纣　王　我确实本该抽空修理一下身边这些老朽失灵的部件，恢复它们各自的功能，让它们发挥与自己角色相宜的能量。只是我并没有那么好的耐心，既然它们碍手碍脚又无可救药，不如趁早将它们舍弃，或直接毁掉。

比　干　在你眼中，我是否也已是一个老朽失灵的部件？

纣　王　王叔说得有些过于严重。

比　干　听说造炮烙是妲己出的主意。

纣　王　我造炮烙是要教训毁谤者和叛逆者。

比　干　如此残暴的刑具只在末世出现。诸侯间已有传言，殷道走到了尽头。你务必尽快将它废除。

纣　王　在将无赖之徒赶尽杀绝之前，我们最好先将它保留一阵子。

比　干　若说无赖之徒,你身边便有两个。一个恶来……

恶　来　正是在下。

比　干　闭嘴,一个黑乔。你让恶来做你的贴身传令官,让黑乔做你卫队的千夫长。你若将这两人送进炮烙,它多少算是派了点好用场。

恶　来　王叔过奖,我恶来只是名字里带恶,比起黑乔来还不算太黑。

　　　　〔比干抽剑欲杀恶来,纣王挥手将比干剑挡开,比干收剑。

纣　王　我有恶人告诉我什么是恶,我有美人告诉我什么是美,这就已经足够。我不听麻木的人奏乐,不跟无趣的人说话,不许口齿不清的人进言,禁止昏聩糊涂的人给我添乱。

比　干　我忘了你十四岁便一手托梁一手换柱,那时人已称你为大力士。

纣　王　王叔年事已高,应该多多保重自己的身体。不过,既然连王叔也认为老天爷不下雨是因为我近年不行祭祀的缘故,那我现在就在此向列位先王保证,我会尽快向你们行一次最隆重的祭礼。

比　干　你能当列代先王之面如此表示,让我稍感释怀。

纣　王　我决定请大巫师帮我做一场人牲祭典。

比　干　嗯,你许久没有行祭礼了,可以用些人牲以偿所欠。箕子的那只千年元龟也可以一并用上。

纣　王　望王叔慷慨解囊,借我从羌方带回的三千战俘。

比　干　你要用三千活人来祭天祈雨?

纣　王　祭杀的活人越多就越灵验。就让诸神和列代先王一次享用个够吧,好为我们痛下大雨。

比　干　用人牲无可厚非,但一次杀三千战俘行祭礼,太过残暴。太祖成汤王初得天下时曾遇七年大旱。大巫师伊尹欲以人牲祭天,成汤王不忍杀人,净身斋戒,以断发代己身,焚以祭天,结果上天连降十日大雨。可见行祭礼最重要的在于心诚与否,而不是你供享了多少人牲。

纣　王　我多年未行祭礼,要是也像成汤王那样割几根头发装装样子,恐怕反倒会惹怒上天先祖。王叔从羌方精挑细选带回三千战俘颇为不易,但羌人是周人近亲,只是比周人更加懦弱卑贱。等我征服人方,一定双倍返还王叔更为优质的奴隶。

比 干　你在我大殷商宗庙里作此请求,我自然要应承你。无论如何,这是一个好的开始。不过我想问你,你知道我这次出征羌方的用意吗?

纣 王　辛并不知情。王叔有权自行其是。

比 干　那我再问你,伯邑考这次来接他父亲回西岐,朝贡品里会有奴隶吗?

纣 王　不会。王叔应该知道,自从我停了祭祀,不再有人牲需求,也就没有再要求他们进贡奴隶了。

比 干　那我来告诉你我看到的那一面。

纣 王　王叔请讲。

比 干　在姬昌送来妲己之前,我们一旦有大的人牲祭祀需求,用的都是自己的战俘。

纣 王　是如此。

比 干　有了妲己之后,你就很少出征。祭祀用的人牲,你让姬昌去解决。为此,你封姬昌为西伯,并授之权杖随意征伐西岐近邻。

纣 王　是如此。周人杀的主要是他们的近亲羌人,我这样安排也阻止了周人与羌人重新联合,在西边给我们制造麻烦。

比　干　没错，出于与你同样的考虑，我没有反对你的处理。但是，从那以后你行祭礼的次数一年比一年少，人牲需求自然也一年比一年少。这给了周人重新修复与羌人关系的机会。这两年，他们在慢慢靠拢。我这次出征就是要打掉周人与羌人重结盟好的苗头。我精挑细选这三千战俘，是打算重新训练他们，在适当的时候，去攻打他们曾经的近亲现在的死敌，周人。

纣　王　我明白了王叔的用意。

比　干　你并未完全明白。我这把年纪仍带兵远征，是要向你示范我殷商的立国之本：我们需要适当地发动一些战争，除了威慑四方，获取我们需要的财富，更因为唯有借助战争本身，我们才能保持强劲的战力和敏锐的直觉。以前你热爱征战，不需要我来提醒你这一点，我反倒经常担心你杀伐过度，让四邻方国因走投无路而起叛逆之心。但自从妲己做了王后，为贪图方便，你甚至让周人代为我们征伐四方。这些年，周人的战力因此飞速提升，而我们殷人快要不会打仗了。

纣　王　　王叔过虑了。在王叔回朝歌之前，我已打算出征人方。我们只需偶尔讨伐一些不听话的方国以威慑四方，并不需要为保持战力而不断发动战争。我们远没到需要忌惮任何一方来挑衅我殷商王权的这一天。

比　干　　我担心这一天的到来会比你想象的快得多，不仅因为敌人太险恶，也因为你太轻慢。无论如何，把我的三千战俘带走吧，但愿他们年轻丰沛的鲜血能够平息诸神的不满。你的习性无论有多古怪，也是源出我们殷人古老的血脉，就算它在黑暗中沉睡再久，也终有一天要爆发出来。既然如此，索性让它发作得早一点，以免日后酿成无可挽救的灾祸。

纣　王　　多谢王叔。（与恶来下）

比　干　　三千战俘，他居然要杀三千战俘做人牲。

〔大巫师上。

大巫师　　我特意多喝了几杯，躺在地上对着老天爷的面孔看了又看，总算大致摸清了他的意思。

比　干　　若是殷道将亡，难道我比干就能阻止？

大巫师　　王叔为三千战俘心疼，却不知道自己会心痛。

比　干　看来除了嗜酒这一恶习,你还新添了胡言乱语的坏毛病。

大巫师　关于未来,我们巫师一族向来只能说一半留一半。无论王叔认为我说的是胡话还是预言,这包粉末请一定留在身边,在一个凶险的日子,王叔要及时将它吞服。

比　干　既然你说得如此严重,我随身带着它便是。确实,我的感觉很不好。

〔比干、巫师下。

过渡场

小　鬼　三千个活人要砍头,要放血,要悬挂,要焚烤……算了,对于商人这不算什么,对神经脆弱的在座诸位,恐怕隔着幕布看个皮影都太过分。

〔皮影:一只巨龟被砍头,焚烧。一个个战俘在祭台前被砍头。血溅皮影。比干愤怒的侧脸。大巫师领众男女巫觋裸身淫舞,饮酒吐火,口颂祝辞,祈请天神降雨。

第 八 场

【羑里外】

西　伯　你要带我去何处?
恶　来　你算一算。
西　伯　帝辛陛下处。
恶　来　我得去好好查查,你们周人在朝歌安插了多少耳目。
西　伯　我只是随口一猜。为人臣者,岂敢在天子脚下安插耳目?
恶　来　天子,老天爷的儿子,嗯,马屁精个个都是发明家。
西　伯　西岐来人了?
恶　来　你算一算。
西　伯　可怜的伯邑考,明知前路凶险,还是来了。
恶　来　真厉害,算出自己儿子在劫难逃,还让他来。
西　伯　我只是猜度伯邑考之所思之所想。

恶　来　那你自个儿是怎么个思怎么个想？

西　伯　我姬昌一向顺从上天的意旨。

恶　来　行，我去劝大力士把你大儿子给劈了。

西　伯　这是为何？

恶　来　反正你算准了自己今天要出狱，你大儿子今天要没命。我听出来这是一换一，就想赶紧帮你换了得了。

西　伯　这个不可，天自有定数。

恶　来　那我让他赶紧原路返回，保自己性命。

西　伯　那也不可，人各有命理。

恶　来　这也不可那也不可，那你还算来算去算个屁啊。

西　伯　恶来大人所言极是。人算不如天算，即便算对了天数切中了命理，人终究难窥上苍真意。故凡事只能听其自然，顺势而为，不可勉强行事。

恶　来　大力士啊，看样子你是搞不过这家子人的。他们一套套的，怎么说都是对的。嗯，我去跟大力士说去，绝不能放虎归山，得让人将牢底坐穿呀。（欲走）

西　伯　不可不可，万万不可。

恶　来　天数和命理你都说了，这回是什么？

西　伯　还有时运，比如，财运。

恶　来　财运，这个我爱听。继续说。

西　伯　我担心恶来大人，一个不当心，断了自己的财运。

恶　来　啊呀，早点提醒嘛。行，你们随便搞，我啥也没看见，啥都不知道，是这意思吧？

西　伯　恶来大人心若明镜，视世事洞若观火。姬昌愿时时聆听恶来大人指点。

恶　来　连装聋作哑都不让，可真会提要求。我算是知道你们如何在朝歌安插自己耳目了。就这么一尘不染地说上三两句体面话，我恶来心里便七上八下了。行吧，你赶紧给算算，我恶来最近财运如何。

西　伯　恶来大人顺从天之定数、人之命理，自然财星高照。

恶　来　在哪儿呢，我的财运？

西　伯　听说恶来大人对玉石珠宝颇有见地。

恶　来　玉石珠宝，哪儿呢？在哪儿呢？

西　伯　我们周人这些年从各处采集了不少奇珍异宝，

因担心鱼目混珠优劣莫辨，一直想请恶来大人帮我们做甄别鉴定。

恶　来　看看，西伯就是个明白人。（抽腰间匕首对西伯比画）这把小刀是我先祖费昌拿一块陨铁和半个玄鸟蛋锻冶成的。别看刀小，可嗜血如命、削铁如泥。随便什么珠宝，我只要拿它在上面这么一比画，立马就知道质地如何了。

西　伯　好好，是把好刀，请恶来大人赶紧收好。我让大夫散宜生即刻送一批珍稀珠宝过来，请恶来大人做鉴定。

恶　来　这就对了嘛。（收起匕首）行，你就说，除了珠宝鉴定，还有什么需要我恶来指点的。

西　伯　我是怕王叔比干，万一知晓此事，定会怪罪于我。无论待人待己，王叔比干一向十分严厉。

恶　来　不行，比干不能知道这事。若不是大力士替我挡下一剑，这会儿跟你说话的便是比干的刀下鬼了。噢——我领会了，比干是你们周人的克星，你是想让我去对付他。

西　伯　王叔比干权倾朝野，我姬昌乃大殷商一阶下囚，岂敢与他作对?

恶　来　权倾朝野,没错,就是权倾朝野,连大力士都忌他三分。我可不想招惹他,离他远一点为好。

西　伯　正是。我本欲请恶来大人做我周方终身鉴宝大师。怎奈我姬昌有罪在身,稍有不慎,便会让王叔比干取了性命。

恶　来　你是说终身鉴宝大师,终身对吧。行啊,行啊。比干那双狗眼,别说是终身,一天都搞不定,唯一有可能搞定的反倒是他这个人。这需要一点胆量,一点盲目的胆量。

西　伯　若恶来大人愿将鉴定完毕之珠宝永久存放于恶来大人府邸,则可免我周人车马之苦。

恶　来　我像是有了那么一点盲目的胆量。比干啊比干,你我本可相安无事,何苦非要来挡我财路?谁都知道,我恶来就那么一点点喜好。既然如此,我也只好硬着头皮来清路障。

西　伯　世上识器者多,识事者少;识人者多,识时者少。恶来大人识器而识事,识人而识时,是位智者。

恶　来　人人都说我恶来是个恶人,你姬昌嘴上不说,心里应该也是这么想。就算我恶来是个恶人吧，我至少安分守己地扮了一个恶人的角色。里外皆恶，不遮不拦，童叟无欺，这算是善吧？

西　伯　此为善也。

恶　来　或许我恶来既非善人也非恶人，只是一个喜欢财宝的人。财宝在哪儿，我恶来的心就在哪儿，就像大力士，妲己在哪儿，他的心就在哪儿。这样的恶人好对付。难对付的是你姬昌这样的善人，既不爱财宝也不爱女人，没有人知道你把心藏在哪里。

西　伯　姬昌之心存乎天地之间。

恶　来　（向观众示意）这种话你还是说给那些傻瓜后人去听吧。

〔恶来、西伯下。

第 九 场

【朝歌鹿台】

〔巨大的炮烙背景。黑乔与一武士格斗。武士中剑倒下,两个仆人进来将其抬走。又一武士上前与黑乔格斗。

纣　王　抬下去的都是最强壮的羌人战俘。
妲　己　看得不过瘾,让他们十个十个上。
黑　乔　嗯。
恶　来　奚密求见。
纣　王　让他上来。(奚密驾两马战车上)
奚　密　陛下,两马战车已造好。
纣　王　不错,看着结实又灵巧。
奚　密　此车平日出行可坐四人,狩猎与征战时可坐两人。
纣　王　四马战车何时造好?

奚　密　已有眉目，但尚有几处疑难待解。一年后定可造好。

纣　王　好，给你一年。

〔纣王抱妲己上车，自己也跳上车。奚密驾车兜圈。

奚　密　陛下一旦拥有四马战车，便可横扫天下。

恶　来　西伯大儿子伯邑考求见陛下。

纣　王　嗯。姬昌到了吗?

恶　来　到了。

纣　王　他曾断言自己坐满七年牢便能获释。他还说我会死在甲子之年。很快我们便能验证前面那一条。

恶　来　杀西伯，放西伯，继续关西伯，这个游戏就这三个结果，验证不验证西伯自己说了不算，全由陛下决定。

纣　王　我打算把这个决定权还给西伯自己。

恶　来　听得不明不白，好像很有看头。

纣　王　姬昌的儿子带来了什么?

恶　来　一些奇奇怪怪的女人，美女。

纣　王　你都收下了?

恶　来　都替陛下收下了。

纣　王　没有别的了吗?

恶　来　还有一些奇奇怪怪的动物,据说是从南方的南方、北方的北方、东方的东方、西方的西方运来的。

纣　王　你都收下了?

恶　来　都替陛下收下了。

纣　王　没有别的了吗?

恶　来　还有一些奇奇怪怪的东西。有一块验身石,据说是女娲补天剩下的,妇人再怎么摸它也没动静,童贞女一碰它立即变得通红,就像充了血一般。

纣　王　你都收下了吗?

恶　来　都替陛下收下了。

纣　王　没有别的了吗?

恶　来　也许还有几个总的来说大致看上去多多少少有那么一点奇奇怪怪的箱子。

纣　王　那一定是你喜欢的珠宝了。你都收下了吗?

恶　来　都替陛下收下了。

纣　王　都收在鹿台了?

恶　来　珠宝这种东西,不论种在菜地里,还是挂在树梢上，或是养在蚌壳里，或是长在岩缝里，或是放在恶来家地窖里，或是收进鹿台国库里，都没啥区别，因为整个天下不论摆放在哪里，都是帝辛陛下的天下。如此一想，我便把周人送来的珠宝都替陛下保存在自己家里了。每天等到夜深人静，我就把它们拿出来一一端详，替陛下仔细鉴定它们的真伪优劣。我恶来向陛下保证，不论我看多少眼，鉴定多少次，它们既不会少一点下去也不会多一点出来。

〔纣王跳下车，又抱下妲己。

纣　王　你喜欢这车吗？

妲　己　很好。你得马上带我去狩猎。

纣　王　恶来，去选一块犀牛多的猎场。妲己王后喜欢围猎大犀牛。

恶　来　遵命。姬昌大儿子伯邑考陛下还见吗？

纣　王　你带他上来。

〔恶来、奚密下。

纣　王　这是从哪来的勇气，甘愿将储君之位留在西岐，独自来朝歌送死？莫非再卑贱的族类也会在某个时刻累积起充足的精华，将其投注到一人身上，令其出类拔萃。不,坏血繁衍坏血,一个人不可能超越一个种族的习性。

〔恶来上。

恶　来　姬昌长子伯邑考到了。

〔伯邑考上,数步一跪拜。

纣　王　他们无声无息地爬着,像那些不会死的乌龟,在角落里算计着他人的命运。我的先祖竟然相信,在这种卑污的东西身上,隐藏着这个世界运行的根本秘密。

〔伯邑考跪地不起。

纣　王　那边趴在地上的人是谁?
伯邑考　西伯姬昌长子伯邑考。
纣　王　这是你们周人发明的新礼仪吗?
伯邑考　伯邑考微贱之躯,不敢直面大帝陛下。
纣　王　伯邑考,你起来吧,不要用你的膝盖弄脏我的石阶。
伯邑考　我母亲要我代问大帝陛下好,并呈奉她秘藏多年的夜明珠一颗。
恶　来　夜明珠。

纣　王　终于搬出了我那位远房妹妹。恶来，把夜明珠拿给王后陛下。

恶　来　（取伯邑考手中夜明珠，走向妲己）行啊，夜明珠。这东西夜里真能放出光来吗？

妲　己　那你就先收着，等验完真假后再给我送来。

恶　来　行啊行啊行啊。王后陛下就是善解人意。

纣　王　我妹妹在西岐过得可好？

伯邑考　我母亲一向都好，只是每念及与大帝陛下手足之情，便暗自垂泪。

纣　王　太姒虽非我胞妹，但若不是我那时年岁太小，我定阻止这门亲事。说说你的要求吧，伯邑考。

伯邑考　当年因崇侯虎无端毁谤，我父亲被囚羑里，至今已经七年。家不可一日无父，国不可一日无君。这七年……

纣　王　你是要来接你父亲回西岐吗？

伯邑考　是，陛下。望陛下大开圣恩，许我父亲重返故里。

纣　王　你不必为一个能推演未来的人担忧，还是多为自己眼前着想吧。

伯邑考　雏鹰不能振翅而飞，唯愿躲于母鹰羽翼之下以避凶险。一旦失其庇护，则惊慌失措，昼夜呼号。七年里……

纣　王　你还有什么要说吗?

伯邑考　……（急速）我虽年少无能，也不得不强打精神，扮演一家之长的角色。如今诸弟皆已成年，但世事之艰早已在其心头投下暗影，就如稻子方才开花便遭了冰雹，虽勉强抽穗成穀，若不及时补足阳光雨露，终成秕谷……

纣　王　哈哈哈哈。

伯邑考　……若大帝陛下准许我父亲与家人、族人重聚，伯邑考愿听候大帝陛下一切差遣。

纣　王　以怨恨为食的人，惯以用病痛喂养病痛。世上也因他们而滋生一种叫"怜悯之心"的病魔。伯邑考，尽管你和你父亲一样假模假式，却没有他的凶狠奸诈。我对他多少还能容忍，对你的忠厚面孔却只有满心厌恶。不要趴在地上了，你要的同情或怜悯我这里没有，趁我还没有将你斩成两段，赶紧滚回西岐去吧。

伯邑考　我请求大帝陛下立即抽刀将我劈成两段。

纣　王　这岂非执意要让我看到：即便贱种，也能偶尔结出一个干净的果实。那就将预言变成诅咒吧，来看看它究竟会以何种方式应验，或许能让这些无趣的人也来为我们献上一份乐趣。姬昌儿子伯邑考，我答应你的请求，也定会让你可怜的父亲亲口品尝你这颗孝子之心。

伯邑考　谢大帝陛下。

〔黑乔缚两腿一臂与妲己对剑。妲己手掌被剑震破，低头舔伤口。

黑　乔　王后。

〔妲己趁黑乔犹豫之际一剑刺中黑乔小腿。黑乔倒地。

纣　王　（拿起黄铜大钺）嗯。恶来，拿剑给伯邑考。

恶　来　遵命。（取黑乔剑给伯邑考）

伯邑考　（看着手中剑）未流一滴血，这脸已血色全无。这微弱的火苗，就要熄灭于这宝剑的锋芒。（掷剑于地）伯邑考不能对大帝陛下挥舞刀剑。

纣　王　拿起剑来伯邑考，你若胜了我，你和你的父亲都可以获得自由。

伯邑考　我岂能犯弑君之罪。

纣　王　（从地上挑剑给伯邑考）对于罪，我另有界定。

〔纣王轻击伯邑考。伯邑考迟疑中以剑挡纣王大钺，踉跄后退。西伯上。

恶　来　姬昌到了。

西　伯　他会是伯邑考吗？不会的不会的。这人面如白玉，神情安详，手握一柄与其羸弱之躯并不相称的长剑，好似一只山羊面对一头雄狮，不得已举了自己细长的犄角，却并不真打算与之一搏。可那百兽之王却非要跟这走投无路的猎物先嬉耍一番，猎物越是严阵以待它便越开心。

〔纣王重击伯邑考。伯邑考再以剑挡。剑落地。

西　伯　这面容，这忧伤，这殊难兼于一身的无畏与忍让，唯我姬姓一族才有这璞玉一般洁净的气象。啊呀，他额头那道伤痕，正是幼时与姬发习剑时所留。啊呀，伯邑考。（身体跟着伯邑考倾斜）

〔纣王大钺击中其胸口。伯邑考倒地。两仆人抬起伯邑考。西伯上前，抚摸他额头的伤疤。

西　伯　如朝露，似晨星，正在消隐，我可怜的孩子。

伯邑考 （醒来）是你吗，父亲？

纣　王 这是一个机会。

西　伯 啊呀。（转过头去）

伯邑考 父亲，是你吗？父亲？

西　伯 （捂脸，背过身）不是，他不是。他不配。豺狼口中的羊羔边咽气边发出一声声啼叫。那远远站立的母羊是否该走上前去回应它，为这骨肉相聚的短暂欢娱再白白搭上一条性命？啊呀，我不配。

伯邑考 噢父亲。（死去）

纣　王 机会走了。

　　　　〔伯邑考被抬下。

西　伯 父之懦弱，其无情甚于暴君之斧钺。

纣　王 这位年轻人是个不错的武士，看上去你好像认识。

西　伯 他是一位武士吗？我并不认识。

纣　王 他是你邻国的一位太子。

西　伯 噢，他是一位太子。大帝陛下，姬昌并不认识。（稍顿，独白）谁能看透命运的脸？它自迷雾中露出凶狠的额头，终示我以骇人的侧面。我察看星辰运行，辨认大地痕迹，推演万物理数，试图说出未来，却从未看清自己身在何方。七年，上天给了我的预言一个最残忍的回应。迷雾已散净，命运已露真容，只是我并不认识，啊，我并不认识。

纣　王　姬昌，你是否仍确信，你将很快重获自由，而我还将死于甲子之年？

西　伯　那是当年崇侯虎散布的谣言，以姬昌之卑微岂可妄测出天子之寿限？崇侯虎忌恨我做了三公之首，便在大帝陛下面前将我诬陷。姬昌愿终生为大帝陛下仆从，全心侍奉，不离左右。

纣　王　我打算成全你的预言。

西　伯　微臣姬昌不敢。

纣　王　你和召方的崇侯虎都是野心家，崇侯虎不如你伪善但比你狡诈。我刚才拿这把黄铜大钺杀的便是崇侯虎长子。召方近年多次进犯殷界，这算是给他们一点教训。这把黄铜大钺传自成汤大帝，代表了我大殷商的至尊权威。现在，我恢复你三公之首爵位，并命你执此权杖平定召方崇侯虎，并为我永世镇守西疆。我要腾出手来去征服人方。

西　伯　　大帝陛下亲授微臣姬昌如此大任，实乃我姬昌无上之荣耀。

纣　王　　你是否心意已决？

西　伯　　姬昌愿为大帝陛下赴汤蹈火。

〔纣王授西伯权杖。西伯接权杖。仆从端上一只小汤鼎。

纣　王　　这是拿我刚杀死的崇侯虎长子的心做的汤羹。享用这人间至味吧，以平息你胸中多年的怨恨，也表明你为我讨伐崇侯虎的决心。

西　伯　　啊，伯邑考，（接汤鼎，喝汤羹）我的儿子。（昏倒）

纣　王　　多么离奇的谜底！但也只是"可能"的一个面目。西伯姬昌，你自由了。

过 渡 场

〔影子戏。田野上,两辆双马挽车一前一后急驰。前头奚密驾车,纣王作射箭状,妲己边大喊大叫边为纣王递酒。后头恶来驾车,黑乔作射箭状。恶来边驾车边不时对着太阳举起一枚宝石。

纣　王　它已经中了我五箭,快跑不动了。
黑　乔　再中我一箭。
恶　来　(举起宝石)不错不错。
妲　己　再给它来一下,再给它来一下。(拿铜策刺马屁股)
奚　密　不要离犀牛太近,小心它掉过头来攻击。
妲　己　快让它来攻击,快让它来攻击,快快再给它来一下。
恶　来　(举起另一块宝石)这可真棒唉!
奚　密　啊它掉头了。

〔马匹受惊,马车倾侧、车轴断裂。影子戏结束。

小鬼上，讲解一组有关这次翻车事件的图和一幅刻有甲骨文的牛胛骨图。

小　鬼　犀牛突然掉头，纣王的马受了惊吓。恶来避之不及，一头撞上纣王的马车。看看这块牛肩胛骨上面写的这个"車"字，中间这一竖是断开的，专家就此推断他们当时坐的两辆马车的车轴给撞断了。实际情况也确是如此。恶来和妲己摔出车外。恶来断了一条腿，成了一个瘸子。妲己受了很大的惊吓。虽说只是脸部擦伤，但她担心自己会破相，一直卧床休养。至于车正官奚密，纣王嫌他造的车不够结实，要杀他。他一定是早就替自己造好了逃命用的快车，连夜逃离朝歌，没人追得上他。

第 十 一 场

【渭河边】

西　伯　这位长者,今日可曾钓到过鱼儿?

姜太公　没有。

西　伯　连小鱼儿也没钓着吗?

姜太公　没有。

西　伯　那近两日可曾钓到过鱼儿?

姜太公　没有。

西　伯　连小鱼儿也没钓着吗?

姜太公　没有。

西　伯　莫非是鱼饵不对鱼儿胃口?

姜太公　没有鱼饵。

西　伯　垂钓不用鱼饵? 鱼钩总有吧。

姜太公　没有鱼钩,只有弹钓。(向后提鱼线)

西　伯　(接住)噢,是根直骨垄通的竹签。

姜太公　鱼若不吃,便是竹签;鱼若愿吃,便是弹钓。

西　伯　　世上恐无愿吃竹签之鱼。

姜太公　　既有痴人愿从西岐来渭河,宁无笨鱼愿吃无饵之弹钓?

西　伯　　长者如何知我自西岐来?

姜太公　　你如何知我在渭河钓鱼?

西　伯　　愿告以实情:长者以直签垂钓于渭水,且多有经纬天地之高论,声名远播,传至西岐,鄙人是慕名而来。

姜太公　　如此,请上钩。

西　伯　　此为戏言?

　　　　　姜太伯请戏之。

西　伯　　望长者赐教。

姜太公　　弯起竹签便成弹钓。

西　伯　　(假装照做)弯成弹钓了。

姜太公　　吃住弹钓。

西　伯　　(假装照做)吃住了。

姜太公　　松手。

西　伯　　(假装照做)松……啊!

　　　　　〔姜太公收线。西伯上前。

姜太公　果然是尾大鱼。

西　伯　姜伯钓鱼，愿者上钩。

姜太公　初次相见，多有不敬，请西伯恕罪。

西　伯　不敢当。姜伯乃旷世奇才，姬昌心仪已久。

姜太公　西伯过誉。我姜某原本朝歌一介屠夫，牛羊宰不动了，改在路边卖馒头，馒头也卖不好，改替人算命。来算命的通常是命不好的，我晦气话说多了，生意就做不下去了。废物一个，只好躲这里来钓鱼，了此余生。余生一时难了，便不揣冒昧，要与西伯做个游戏。

西　伯　姬昌在渭水边寻访多日，今有幸得见姜伯尊容，望姜伯多多教诲。

姜太公　既然你西伯如此客套，我姜某就不跟着客套了，不然你不用来此地寻我，我也不必在此地等你。

西　伯　姜伯所言极是。

姜太公　我就有什么说什么了。

西　伯　请赐教。

姜太公　西伯何不逊位，立姬发为王？

西　伯　这……我非王如何立姬发为王？

姜太公 "受命而称王",你如何不是王?

西　伯 此乃毁谤。

姜太公 如此说来,你已有耳闻。

西　伯 我已有耳闻。

姜太公 商纣也当已有耳闻。

西　伯 他也当已有耳闻。

姜太公 你未加阻止。

西　伯 我,未加阻止。

姜太公 你欲借机试探。

西　伯 我,欲借机试探。

姜太公 商纣听而不闻,未予回应。于是你传姬发黄铜大钺,代你行征伐之事。

西　伯 传姬发黄铜大钺,确乎有违名分,但事出无奈。我姬昌年老体衰,已无力征战沙场。姬发身强力壮,有勇而善谋,由他代我讨伐逆贼,方能不辱帝辛之命。

姜太公 此为托词,实则要姬发操练兵马,树立威望,且再进一步,试探商纣。

西　伯 姜伯明若观火。

姜太公　可惜商纣视而不见，仍不在意。

西　伯　他意在我征伐所获，战俘、牲畜与财宝。我从未令他失望。

姜太公　如此，若再有传言，姬发"受命而称王"，你也不必阻止。

西　伯　若为传言，我不必阻止。若我公然立姬发为王，则不可，商纣不会坐视不管。且姬发杀气太重，我怕他草率进犯朝歌，反遭杀戮，而我姬昌也将背负不仁不义之千世骂名。

姜太公　你西伯岂不也想伐纣？只是你吃不准该何时伐纣。一击而中，方可免于身死名裂。

西　伯　知我姬昌者姜伯也。

姜太公　姬发是块做恶人的好材料，不如让恶人去行恶事。你西伯当惯了善人，可继续做你的善人。如此则两全其美。

西　伯　请姜伯赐教。

姜太公　姬发可择机自立为武王，由他加封你为文王，追尊古公为太王。

西　伯　这与我立姬发为王有何分别？

姜太公　若仍是传言如何？

西　伯　啊是，仍是传言，仍是试探。

姜太公　一切野心皆藏于传言之下。

西　伯　武王，文王，恶人，善人，野心，传言。

姜太公　请西伯速传君位于姬发。

西　伯　可也……

姜太公　西伯仍有顾虑。既然如此，由我姜某来训导姬发如何。

西　伯　甚好。姜伯知我周人向来不善征战，太祖古公忍气吞声，甘受犬戎驱赶，率族人自北方故土豳地，跋山涉水迁至西岐……

姜太公　此一时彼一时。当年追随古公的多为农夫与匠人，并无像样的兵马，除了东投殷人，古公别无良策。现今，商纣人心离散，外强中虚；你西伯有权有兵且有国，更有仁惠百姓、恩泽四邻之美誉，蓄势既久，可放手一搏。

西　伯　姜伯对姬昌虽多谬赞，但言之在理。

姜太公　姬发当持商纣所授大钺，以为殷商镇守西疆之名，先北伐犬戎，再西灭密须，然后再灭邘国。

西　伯　可也。

姜太公　事既成，可挥师向东，借杀崇侯虎之名灭耆国。

西　伯　崇侯虎虽逃至耆国，但召方已灭，难有作为。而耆国向与我亲善，以杀宿敌之名骤然起而灭之，难免世人谤议。

姜太公　让恶人行恶事，让善人留善名。姬发既杀崇侯虎，当遍告天下：姬发乃奉王命率王师吊民伐罪；耆国国君窝藏逆贼崇侯虎，当杀；太子年幼，无辜，立为新君，暂由西伯摄政治国，以待其成年。如此，宿敌可杀，耆地可得，发之威可树，纣之名可毁，西伯之善可彰。

西　伯　耆乃殷之近邻，灭之，恐遭商纣刀兵相加。

姜太公　请献洛水以西于商纣，以表西伯忠心不贰。

西　伯　洛西是沃土良田，也是我周人世袭之地，我费尽周折方从崇侯虎手中夺回，如何舍得再将它拱手让人？

姜太公　再肥的田也需有人耕种。东殷的农人成群结队往这儿跑，你送商纣再多肥田，都会很快荒废。不出一年，洛西周边的农人便会帮你如数蚕食回来，

八九

只不过名义上仍是东殷之地。

西　　伯　谢太公望指点迷津。太王古公曾说，有一位白须智者将助我周人一统天下。他说的应该就是姜伯你。既然是太公盼望你到来，我就称你为太公望吧。不过太公望唯独没有提及周之近邻羌人。

姜太公　我姜某本乃羌人。当年你父亲公季伐羌，将千余战俘押送朝歌，半数充奴，半数祭天。我本该开膛剖肚做人牲，侥幸逃出，才在朝歌做了屠夫。

西　　伯　太公望恕我大罪。

姜太公　周本小国，迫于生存之道投靠东殷，为其掳掠祭祀所需人牲无可厚非。但将刀剑加诸与你周人同宗同源的羌人，献给殷商做人牲，可谓不德不义。周人因此得偿所愿，获东殷之精良刀剑与战车，从此四邻咸服，声震诸侯。你父亲公季迎娶了殷商大族之女大任，你姬昌更是娶了殷商王族太姒为妻，后又做了三公之首。而我羌人，却只是你周人想杀便杀的家畜。周这个字，本为殷人所赐，用加口，用即享用，口即人头，口字内外又加数点，乃我羌人所洒之血，供他大殷商上帝先祖享用。

西　伯　　太公望恕我周人大罪。

姜太公　　如何恕罪？恕罪又如何？这些年，商纣停了祭祀，我们羌人才稍稍缓过一口气来。可好景不长，比干又起兵来伐，带走了我们三千壮汉。你姬昌说我姜某不提羌人，只因这是一本你们周人家畜的血泪账。

西　伯　　姬昌在此伏地请罪。

〔西伯跪伏于地。姜太公将其扶起。

姜太公　　从古公到公季到你西伯，皆有敬老慈少礼贤下士的美名。虽是如此，诸侯方国多有防周之心，天下名士也各持狐疑，不敢往而归附。羌人的血成就了周人的荣耀，也成为了周人的大污点，不好清洗。

西　伯　　请太公望取我姬昌性命来偿还这血债吧。

姜太公　　若只为杀你还债，我何必如此絮叨？血污难除，但可遮挡。血污之上皆结怨气，怨气虽盛，总有化解之法。

西　伯　　若能化解羌人对我周人的百年仇怨，我姬昌愿为人牲，以祭羌之亡灵。

姜太公　　西伯但求以命抵债，想必是一片真心。可这世上一切债都能还，唯有命债，只会越还越多。

西　伯　姬昌愚钝，望太公望明示。

姜太公　与其血债血还，不如永结同好。你与你父亲岂非一向如此行事？

西　伯　莫非？

姜太公　西伯会错意了哈哈，我姜某绝无老夫少妻之图。请姬发娶我小女为妻，姬旦另娶一羌王族之女为妻。如此，周人与我羌人可重修旧好，重结同盟，并共谋翦商大业。

西　伯　太公望教诲姬昌已一一谨记在心。请太公望即刻启程，与我同回西岐。（两人下）

第 十 二 场

【商与周交界】

〔一位老者与一位少年迎面相遇,互相反复让路,反复相撞。祖伊上,在一旁来回走动。

少　年　先生请。
老　者　后生请。
少　年　先生请。
老　者　后生请。
少　年　先生请。
老　者　后生请。

…………

〔虞国与芮国国君上。

虞　君　那块地是我虞国的。
芮　君　那块地是我芮国的。
虞　君　虞芮两国彼此历来确认那是我虞国的土地。

芮　君　芮虞两国彼此历来都以黄河划分两国边界。

虞　君　哪怕黄河改了道，那块地还是我虞国的。

芮　君　既然黄河改了道，那块地便是我芮国的。

虞　君　那块地是我虞国的。

芮　君　那块地是我芮国的。

虞　君　这样看来我们只能打一仗才能解决问题。

芮　君　这样看来我们必须打一仗才能解决问题。

虞　君　我们定会打得你芮国落花流水。

芮　君　我们定会打得你虞国屁滚尿流。

虞　君　若是让西伯来判，他一定会说那块地是我虞国的。

芮　君　就算请西伯来判，他也肯定说那块地是我芮国的。

虞　君　西伯最公道，与其拼个你死我活，不如请他来评个理。

芮　君　西伯最有德，与其打得两败俱伤，不如请他来做裁定。

少　年　先生请。

老　者　后生请。

虞　君　那两人你撞我我撞你老半天，在搞什么？

芮　君　和你我一样，在争一样什么东西。

少　年　先生请。

老　者　后生请。

少　年　先生请。

老　者　后生请。

…………

虞　君　哦，是在让路。

芮　君　原来是在争一个"请"。

虞　君　连走个路都要这样让来让去。

芮　君　这么争来争去摆明着是不让人走路。

虞　君　真是毫无道理。

芮　君　纯属瞎耽误工夫。（四人下）

祖　伊　此地风尚果然与我殷商很不一样。虽说装腔作势，令人生厌，却利于规驯黎民、定国安邦。西伯韬光养晦，实为蓄势而发。其子姬发继君位不久，即以杀崇侯虎之名灭我近邻耆国，已露其虎狼之相。唉，商容之怒、箕子之忧、比干之谋，皆因有先见之明。

〔祖伊下。西伯、姬发、姬旦、姜太公上。

姬　发　我们为什么要听从商纣的差遣！

西　伯　商纣号令天下诸侯共伐人方。我为三公之首，若公然抗命，商纣盛怒之下，或挥师向西，不伐人方，先灭我周。

姬　发　又有何惧？商纣屡伐人方，收获甚少，消耗极大，又遇三年大旱，民不聊生，怨望四起，我们本可借此机会召集各路诸侯，杀此暴君。

西　伯　各方国诸侯对商纣有再多怨念，又有哪家真敢站出来与他作对？殷商之力虽今不如昔，但要说灭周，仍易若翻掌。故而当先保室后求大，韬光隐曜，以待天绝殷命。

姬　发　就算暂不伐纣，也不应曲意逢迎。洛西大片沃土，为何就白白送他商纣？

西　伯　太公望已一再对你细数此事利害。你已是一国之君，当有一国之君的心胸，不应为洛西之失如此耿耿于怀。

姜太公　西伯说得极是。商纣神人共愤，但九鼎尚在，宗庙尚在，他就依然是天子。殷商人望尽失、国力日衰，但有比干、箕子、祖伊、大巫师诸王族忠臣在支撑王朝，便无人可以撼动。商纣名义上要与各诸侯方国共商征伐人方事宜，其实是他国库空虚，要大伙去进贡。身为三公之首，西伯这份礼不但不能免，还需比别人出得更重。

姬　发　商纣是一头残暴的野兽，父亲此时赴周无异羊入虎口。

西　伯　不了解我姬昌的，以为我姬昌是个贪生怕死的人。他们并不知道，我姬昌忍辱含垢留下这条贱命，只因那时我尚未传位于你。如今周人有了自己的新国君，我是死是活已无足轻重。若是商纣还想要我这条老命，他拿去便是。我好早些去见伯邑考，求他重新认我这个卑怯的父亲。

姬　旦　我昨晚占了一卦，是吉卦。父亲当安然返周。

姜太公　哈哈，要说算卦，谁算得过你父亲？西伯，你就安心去朝歌见商纣吧，不必在此时急着交代后事。

姬　旦　父亲或可借献洛西之地向商纣求两件事。

西　伯　你说。

姬　旦　第一件是请废炮烙之刑。商容死后，大臣诸侯皆对此恶刑怒不敢言。父亲若行此义，可得天下人之心。

西　伯　嗯，这事要紧。

姬　旦　第二件，请由我周人为帝辛祭祀殷商之上天先祖。

西　伯　嗯，这事更要紧。姬旦懂我心思，可你有什么说法？

姬　旦　殷人和我周人都是黄帝少典后人，祭他殷人的上天先祖，就是祭我周人上天先祖。帝辛不爱行祭礼，我们来帮他做。他可以省事，我们可以正名。

西　伯　借送洛西之地求帝辛这两件事，或能得其应许。

姬　旦　父亲若还能请得大巫师来西岐，我们行祭礼时便有确切仪轨可循了。

西　伯　大巫师是伊尹后人，虽曾教我识辨兆纹刻写卜辞，若要让他离开殷商来西岐传授祭礼仪轨，恐非易事。

姜太公　还有第三件事：待商纣收下洛西之地，我们便择机迁都至丰京。

西　伯　那样离黄河很近了！

九八

姜太公　是，方便渡河。

西　伯　商纣必知我之所图。

姜太公　西伯奉商纣之命灭崇侯虎之召方。丰京原属召方，周人将都城由西岐荒漠迁至丰饶的黄河边，实属情理中事。商纣或有所猜忌，但以他的轻慢，又收了洛西这块肥肉，当会视若不见。

西　伯　太公望此策令我心生不安。

姬　发　太公望此策深合我意。

姬　旦　迁都丰京确是良策。

西　伯　既然你们都以为此事可行，那就勠力同心，成就此事。

姜太公　待你返回西岐，亲率周人去富庶的丰京吧。

姬　旦　太公望说得极是。

西　伯　此次赴殷商，凶吉不知。姬发，你既为一国之君，切不可再意气用事。征伐谋略之事，你当请教太公望，审时度势，使令必行，禁必止，上下齐心。宗庙之礼、君臣之道、百姓教化诸事，你当问姬旦，以使神鬼有别，上下有序，君臣百姓各守其位、各从其礼。

姬　发　父亲所嘱，发已一一谨记。

〔散宜生上。

姬　旦　散宜生，一切事项可都准备妥当?

散宜生　都已准备妥当。我还专程去了一趟有莘氏，带来了小公主，年方二八，美貌可比当年妲己。

姬　旦　送商纣吗?

散宜生　是也不是。

姬　旦　那便是去对付比干的。

散宜生　殿下料事如神。若得天助，此事可成。

姬　旦　愿天助你成功。

西　伯　启程吧。

散宜生　遵命。

姬　发　若我父亲不能毫发无损返回西岐，你就提自己的头来见我。

散宜生　陛下放心。

〔散宜生与西伯下。奚密驾车上。

奚　密　姬发殿下请留步。

姜太公　陛下!

奚　密　陛下?

姜太公　武王陛下！

奚　密　武王陛下？那方才走的西伯呢？

姜太公　文王陛下。

奚　密　看来我的马车再快,也快不过周人自封为王。

姬　发　这是两马挽车?

奚　密　这是两马挽车,陛下,武王陛下。

姬　发　我只听说过却从未亲眼见过。你是谁?

奚　密　在下奚密,从殷商出逃而来。

姜太公　你可是车正官奚仲后人?

奚　密　正是。

姜太公　那这辆马车便是你本人造的。

奚　密　正是。我奚姓先人自夏朝起就在王宫里做马车。

姜太公　车正官奚仲后人,难怪能造出这等好车来。

奚　密　只是快,逃命用的,拿来打仗可不行。

姜太公　你能把它改成战车吗?

奚　密　可以。

姜太公　天助周！有了这双马挽车,于速度于气势于战力,周人皆可力克商纣。

奚　密　纣王已能造双马战车。奚密愿试制四马战车。

若成功，方可力压商纣。

姬　发　奚密，从此时起，你便是我周国的车正官。我给你五百木匠，你去立即造出四马战车来，越快越好，越多越好。

奚　密　遵命，武王陛下。

〔三人均下。

第 十 三 场

【恶来宅】

散宜生　十里香车一辆。

恶　来　（瘸着腿清点部分礼品）有啥用？

散宜生　黄帝坐过的檀香木车，其香可传十里。

恶　来　留给纣王。

散宜生　醒酒毡一块。

恶　来　有啥用？

散宜生　喝醉了往上一躺，即刻酒醒。

恶　来　留给纣王。

散宜生　白面猿猴一百对。

恶　来　啊，怪兽，留给纣王。

散宜生　黑犀牛二百头。

恶　来　太大了，留给纣王。

散宜生　有熊大马十八对。

恶　来　又是怪兽，留给纣王。

散宜生　斑马五百匹。

恶　来　怎么又是野兽？留给纣王。

散宜生　有莘氏公主。

恶　来　事实上我不喜欢活物，尤其是活物里的活人，尤其尤其是活人里的女人，尤其尤其尤其是女人里的美人，除非她们身上挂着珠宝。留给纣王。

散宜生　你一样也没挑？

恶　来　没挑。

散宜生　全都不要？

恶　来　不要。

散宜生　这就有点麻烦了。

恶　来　姬昌啊你不长记性，明明知道朝歌那么多人想要你命，还自个儿送上门来。

散宜生　玉衣一件，珍珠一盒，珠宝一箱。

恶　来　檀香伤脑筋，烧酒毁肝脾，野兽要吃人，美人会吸精。看来西伯记性还行，知道我恶来清心寡欲，啥都不要，除了珠宝。

散宜生　这两年，我们文王奉你们纣王之命征讨逆贼，奇珍异宝收罗无数……

恶　　来　啊,太过分了太过分了,我们文王你们纣王?从前你们周人一见我们商人就腿脚发软,只有膝盖顶到了地上心里才会踏实。这两年你们各处烧杀抢夺发了横财,膝盖硬了,腰板也直了,连说话都这么随便了。长话短说,咱们国库里还有哪些好东西我没见过的,全报上来,赶紧。

散宜生　咱们?

恶　　来　咱们。既然西伯聘我为周方终身鉴宝大师,我就不当周人是外人了。

散宜生　散宜生遵文王之嘱,另带了十箱上等珠宝请恶来大人鉴定。

恶　　来　嗯,希望你们文王能永远对我们纣王保持这份忠心。

散宜生　听说朝歌有很多人想把我们文王送上炮烙。

恶　　来　我恶来决不叫比干那帮坏蛋来断我的财路。

散宜生　上回你们纣王放了我们文王,比干就很不痛快。

恶　　来　我来处理。有莘氏小公主先留我这儿,到时由我护送她去见纣王。

散宜生　如此甚妥。

恶　来　比干,你以为恶来是个无赖,其实他不是一个笨蛋。

第 十 四 场

【商大殿后】

妲　己　（恶来瘸着腿上）恶来？是恶来吗？
恶　来　恶来是恶来，不会是别人。
妲　己　你这会儿应该美美地躺在珠宝堆里啊，来这里做什么？
恶　来　听说王后身体欠佳，我特地跑来探望一下。
妲　己　刚才我还以为自己眼花了，这会儿我开始怀疑我的耳朵是不是出了什么毛病。你再说一遍，你是来探望我的。
恶　来　恶来爱财如命，不过这世上还有比恶来的性命更要紧的东西，那便是妲己王后贵体无恙。
妲　己　坏东西，你明知我并无大碍，除了那点心病。
恶　来　心病才是最大的病啊王后。
妲　己　这些满肚子坏水的老贼，从哪儿弄来这许多漂亮女人？像草一样一茬儿又一茬儿，怎么割都割不完。

恶　来　王后宽心，王后永远是这世上最美的女人，除了，有莘氏公主……

妲　己　什么公主?

恶　来　有莘氏公主，昨天到的，西伯送来的。

妲　己　这条喝儿子肉汤的狗，当年是他把我献给帝辛陛下，这会儿又故技重演。我得让帝辛陛下杀了他，连同那个有莘氏女人。她比我漂亮吗?

恶　来　公主她二八一十六，与王后来时一般大。

妲　己　喜妹，给我倒酒。她长啥样?（喜妹上前倒酒）

恶　来　眉如新月，眼如晨星，脸如芙蓉，颈如嫩藕，臂如软玉，指如柔荑，腰如细柳……

妲　己　（喝酒）行行行行。你想气死我。（咳嗽，手抚胸口）

恶　来　我还是闭嘴为妙。

妲　己　（喝酒）这个女人这会儿在哪儿?

恶　来　在恶来家。

妲　己　你去杀了她。

恶　来　我杀她，大力士杀我，我恶来可不是傻瓜。

妲　己　你不杀她，我就杀你。

恶　来　你杀我，你就没法杀她。王后你也不是傻瓜。

妲　己　那怎么办？你要心里没主意是不会跑我这里来的。

恶　来　找个傻瓜去办呗。

妲　己　喜妹，你去帝辛陛下那儿，就说我胸口疼得厉害，稍好些就过去。（喜妹下）找哪个傻瓜？

恶　来　那我可就正经说，不作诗了。

妲　己　千万别再像诗人那样来折磨我了。快说，谁。

恶　来　比干。

妲　己　他才不傻，他是圣人。

恶　来　圣人之所以是圣人，是因为傻。

妲　己　你说得对,可比干不会无缘无故去杀那个女人。

恶　来　那让它有缘有故不就行了。

妲　己　你应该是想要比干死吧。

恶　来　王后岂不是也一直都想比干死？

妲　己　越早死越好。可就算比干杀了那个女人，帝辛陛下也不见得就会杀比干,帝辛陛下一向敬其若父。

恶　来　王后的心病看来好了一多半了。

妲　己　还真是。

恶　来　若是能弄个圣人的心来补一补,恐怕就全好了。

妲　己　那不过是一个无赖巫师当年开的一个无赖药方,这档子事谁会当真。

恶　来　管它有谁当真,只要帝辛陛下当真就行。

妲　己　圣人比干,人人都是这么说。这是个危险的计划,可谁能阻止我放手一试。

〔纣王上。

纣　王　王后,喜妹说你胸口又疼得厉害。

妲　己　老毛病了。(咳嗽,手抚胸口)你不该为这点小事,把路远迢迢赶来的方国使节撇在一边。(欲起身)

纣　王　不是小事。(轻抚妲己脊背与胸口)好些吗?

〔妲己咳嗽。

纣　王　恶来,滚。

恶　来　差点忘了,西伯为陛下送来了一件最最珍贵的宝贝,暂时存放在恶来家里,我得赶紧把她带给陛下。

妲　己　什么宝贝那么珍贵?

恶　来　呢。

纣　王　滚。

〔恶来下。

妲　己　跟恶来说了会儿话,心情舒畅不少,胸口也没那么闷了。你去忙正经事吧,诸侯大臣们都在大殿等着呢。

纣　王　你不要为此操心。

〔敲第一遍鼓。

妲　己　人方已被你打得七零八落,就算灭了他们,我们也不会有太多收益。

纣　王　征服他国是为获取财富,可也是必须争胜的游戏。人方俯首称臣不到一年,又出尔反尔犯我边界。无论如何,这次我要彻底将其毁灭。

妲　己　我多么希望自己能在你的游戏里派上一点用场啊。可有了上次的体验,我算是看清了自己有多大能耐。我跟着你上战场,只会让你分心,平添一份负担。

纣　王　你不如就在王宫里玩玩杀人游戏。

妲　己　那边一呐喊,我就吓得掉下马去,唉,太丢人了。

纣　王　像妇好王后那样驰骋疆场自然让男人也肃然起敬，可相比而言，你现在的样子反倒叫我更加爱怜。

妲　己　我再也不随你出征了。他们把再多的女人送进你怀里，我也眼不见心不烦。不过，听说西伯又替你物色了一位绝世丽人。

纣　王　我还没有见过。王后不要为此烦恼。我知道如何打发那些女人。

妲　己　我没有烦恼，只是有些替她担心。

纣　王　替她担心？

妲　己　王叔比干至今都在后悔，当初没有抢先一步把我杀死在路上。

纣　王　我会让恶来护送有莘氏公主时带足卫兵。比干王叔应当明白，我对他一再忍让，只因他对我有养育之恩，且年事已高。

〔大殿第二遍敲鼓，妲己抚胸口。

纣　王　怎么了？

妲　己　没什么。去吧，他们又在催你上朝了。

纣　王　噢我什么时候才能找到治你心病的灵丹妙药？

妲　己　我的病不可能好了，这世上哪有什么真圣人。

纣　王　至少我不是。

妲　己　幸好不是，否则该是多么乏味。

纣　王　或许碰巧有哪位诸侯知道一些这方面的情况，趁他们都聚集在大殿，一会儿我就去问一问。

妲　己　这事我们之前就说起过。这世上就算有圣人也不一定有玲珑心，真有玲珑心，又岂肯送于他人？

纣　王　要真有玲珑心，不论长在谁身上，我都取了给你。

〔击鼓声，恶来上。

恶　来　我已安排停当，一会儿就把有莘氏公主送到大殿去。

纣　王　恶来，你说什么样的人才算是圣人？

恶　来　总是好为人师，总是唉声叹气，总是动不动就对人掏心窝子的人估计就是圣人。

纣　王　嗯，圣人喜欢掏心窝子。那样说来，若真找到圣人，这玲珑心是可以掏来用的。恶来，你说如何才能找到圣人？

恶　来　要不叫西伯算上一卦？

纣　王　西伯倒是一向有圣人的好名声。

恶　来　啊不行西伯不行他喝过自己儿子肉汤,就算以前是,喝过那一口汤之后也不能作数了。叫他畜生兴许远比称他为圣人合适。

纣　王　他连自己儿子的肉汤都认不出来,叫我如何相信他能算出圣人在何方?

恶　来　陛下真觉着他当时不知道自己喝的是伯邑考的肉汤?

纣　王　好吧,那就再去见识一下西伯那套古怪的演算术吧。你带上我的卫兵去接有莘氏公主,以防路上有个什么意外。

〔三人下。

第 十 五 场

【商大殿前】

恶　来　歇脚。
卫兵一　咱这一路走走停停，停停走走。好不容易就快到了，不如先送完公主再歇脚。
恶　来　我说歇脚，你们就给我歇脚，我说赶路，你们就给我赶路。
　　　　〔比干、大巫师上。
恶　来　赶路我说。
卫兵二　我们就给大人赶路。
恶　来　我说赶路！
卫兵一　我们就给大人赶路。
　　　　〔比干、大巫师欲下。
恶　来　你们这些蛋里生地里长狗娘养的杂种，我说了赶路。
卫兵二　大人是说了我说赶路。

卫兵一　大人也说了我说了赶路。

卫兵二　可大人还没说赶路。

卫兵一　咱就不能赶路。

恶　来　畜生啊，有意要跟我作对。赶紧给我追上前面那两个家伙。

大巫师　不要急着赶路王叔，前面可没有什么太有趣的东西等着你。

比　干　真是不可思议，大酒鬼今天居然神志如此清醒，行走如此利索，这可不是你一贯的做派。

大巫师　我今天破例没喝酒，只因这是一个非同寻常的日子。王叔知道自己要去哪里吗？

比　干　什么屁话？我当然知道自己要去哪里。西伯又送来一个女人，据说比妲己还妖媚。一个妲己已把我大殷商搅和到这田地，若是两个妲己一起来，我大殷商就彻底完了。

大巫师　来个小妲己或许正好可以克一下老妲己。

比　干　真正让我忧虑的不是妲己,而是姬昌这老东西。妲己败坏了殷商的身体，但还不至于招致它毁灭。姬昌一天不除，对我们就多一天威胁。我要让帝辛陛下将这老东西重新投进大牢。

大巫师　有时候我们不妨稍事停留，回望一下自己走过的来路，然后抬起头来，看看是否正向着一个不太好的方向偏离。

比　干　天定之数照理是不可逆转的。眼见成汤打下的基业一天天颓败，我也时有大势已去之感，只是不甘心如此便将六百年江山拱手让人。

大巫师　我想请王叔喝上一杯。

比　干　你是大巫师，偶尔醉酒我就当没看见，可你竟敢放肆到来请我喝酒。

大巫师　就是神灵也喜欢时不时喝上两杯淡酒，王叔又何必如此忌惮。只要懂得节制，这东西最能叫人身心放松，乐而忘忧。

比　干　老天爷留给我比干的时日不会太多了。我要尽快蘡除姬昌，斩断殷商的最大祸根。

大巫师　噢我不能违背为巫的戒律，直接道出上天的秘密。但愿我大醉三日，不能亲眼目睹那桩惨祸。王叔从未感到胸口隐隐作痛？从未在夜里听到它发出细细的叫声？

比　　干　难得你今天没喝酒，说起话来却比平时还颠三倒四。也许真的只有整天泡在酒坛子里，才能让你勉强保持一点清醒。

大巫师　王叔是否带着我上次赠送的那包药粉？

比　　干　你让我一定随身带着，万一遇上难于应付的凶险及时将它吞服。

大巫师　那是一帖补血药，按先祖传我的秘方配制。我看王叔气色欠佳，应是近来劳碌过度心力受损。王叔现在便可服用。

比　　干　虽说我的身体未曾对我提出过半点警告，可看你难得一脸正经的样子，我猜想自己说不定已是病入膏肓，不久于人世了。好吧，我接受你这一大早送上的美意。

〔比干服药。恶来带有莘氏公主上。

大巫师　看看先祖传我的神秘法力，能否帮他逃过眼前这个劫难。

恶　　来　啊王叔，请留步。

比　　干　原来是你这个恶奴，你后面那个女人是谁？

恶　　来　一个美人，西伯送来的，都说比当年的妲己还妖媚。对美与不美我恶来是根白木头，分辨不来，但比干王叔一定会有精到的见解。既然碰巧遇上，就想请王叔指教：若是大力士一天到晚盯着这妖精看个没完，我们殷人的江山是不是就只好请姬昌和他那一窝耗子来照看？

比　　干　原来事情比我预想的更简单。

〔比干刺有莘氏公主。公主逃，卫兵欲保护。恶来绊倒卫兵。比干杀死公主。

恶　　来　事情也比我预想的更简单。（下）

大巫师　该发生的总要发生，谁也阻止不了。（下）

比　　干　就是，我本已打算放弃杀她的念头，她居然自己撞到我刀口上来了。（下）

第十六场

【商大殿】

纣　王　今天的鼓乐格外响亮。我的鼓手和乐手想必是受到了额外的赏赐,才肯如此卖力。那位趴在地上的白头人,看着像是我的一位老熟人,为何不抬起头来?

西　伯　鄙臣姬昌不敢以微贱之躯直面大帝陛下。

纣　王　原来是西伯姬昌。你家可真是一群怪物,一个个都喜欢这么说话这么趴着。

西　伯　请大帝陛下恕罪。

纣　王　自从你上次离开王都,两年内便把最富庶的几个近邻都一一征服,收获一定不小。

西　伯　鄙臣姬昌仗大帝陛下威名,执大帝陛下亲赐大钺荡寇伐贼,无往而不利,无战而不胜。然征伐所得,不敢自专,欣闻大帝陛下欲起兵南征,鄙臣今将之悉数献于大帝陛下。愿大帝陛下早日扫平人方,班师凯旋。

散宜生 （展读清单）将士五万。战车三百乘。白面猿猴二百只。黑犀牛二百头。有熊大马十八对。骊戎纹马五百匹。黄帝檀香木车一辆。醒酒毡一块。玉衣十件。夜明珠十枚。珠宝十箱。

恶　来 （跟着散宜生自语）啊十件。啊十颗。啊十箱。比送我恶来的全都多了十倍。永远都不要相信那些西方来的人，永远都不要相信。

纣　王　恶来，替我收下西伯的美意。西伯姬昌，为杀崇侯虎，你灭了召方又灭耆国，报了大仇，收获了洛西肥田，也离我更近了，你应得偿所愿了吧。

西　伯　鄙臣奉大帝陛下之命伐诛逆贼崇侯虎，先败其于召，为大帝陛下夺回洛西，后杀之于耆，但未灭耆国，未侵耆地。因新君年幼，鄙臣姬昌暂为其行政，以待其成年。普天之下皆王土，鄙臣绝不敢私占天子之田。此即为洛西地图，请大帝陛下验视收纳。（献地图）

纣　王 （接过地图，边看边说）鬼侯和鄂侯各送来五万将士。同为三公，你西伯出的礼最重。好吧，说说你有什么要求吧。

西　伯　姬昌不敢。

纣　王　说吧。

西　伯　请大帝陛下去炮烙之刑，不然，或有损大帝陛下千年之后的美名。

纣　王　我连今世的美名都不想要，你居然认为我会在意自己死后的美名。

西　伯　请大帝陛下恕罪，臣不当以下犯上，出忤逆之言，但鄙臣仍不得不说：炮烙实乃不祥之物，愿大帝陛下早日去之。

纣　王　不祥之物。我差点忘了你一向喜欢扮演预言者。好吧，我答应你废除炮烙之刑，还有别的请求吗？

西　伯　姬昌不敢。

纣　王　说吧。

西　伯　殷人和周人都是少典氏黄帝之后，可谓同根同源。请大帝陛下准许我周人修商人典，在我周人为大殷商修建的文丁神宫与帝乙神庙里祭祀成汤、太甲等先祖，以示我周人对大殷商忠心不贰。

纣　王　你们不是早就在私下里修商人典吗？这差不多

都已是你们周人的习俗了。

西　伯　只是在大帝陛下无暇向殷商先王行祭礼的年份，我们才敢私下以大帝陛下的名义，代为大帝陛下祭祀殷商列王。

纣　王　看来这才是你真正想要的。嗯，除了祭祀权，你还想要什么？

西　伯　姬昌不敢。

纣　王　说吧。

西　伯　望大帝陛下准许鄙臣请大巫师去西岐讲学。

大巫师　去西岐讲学？不去。只要嘴唇还没有沾到酒，酒鬼就能坚守做人的原则。

纣　王　那么你还想要关于天意和命运的解释权？

西　伯　姬昌不敢。

纣　王　自从你为我送来了妲己王后，乌龟和老天爷就不再讨我喜欢，你爱怎么折腾就怎么折腾去吧。

大巫师　这可不是什么有趣的决定。老天爷的美意你可以领了不用，也断不能随便乱送。

西　伯　大帝陛下对我周人如此慷慨眷顾，周人当永志不忘。

纣　王　我不在乎你们想要在后人的记忆里装些什么东西。我只是给了你一些我自己不想要的东西。

西　伯　鄙臣还另带了一件尤物要献于大帝陛下。

纣　王　是一个女人吧。

西　伯　有莘氏公主，恍若当年妲己王后一般美貌。

纣　王　我很快便能知道，你说的是否属实。

〔恶来上。比干手提有莘氏公主脑袋上。

大巫师　完了。

恶　来　半路遇到王叔，王叔执意亲自护送公主来见陛下。

比　干　（掷有莘氏公主脑袋于地）这个便是。它再也不能成为第二个妲己了。

箕　子　疯狂疯狂，这古老的诅咒，深埋在我们商人的血脉里，又一次发作了。

纣　王　（捡起有莘氏公主脑袋）多么不可思议，这个人已经死了，但这张脸，看上去还活着。这漆黑的眼珠，还残留着宝石的光泽，没有完全熄灭，好像还在盯着我看，可是再也不能摄入一个人影。这苍白的嘴唇，沾着血迹和尘土，依然柔软，好像还在呼吸，还能随时开口说话，只是再也发不出一声哼哼或是一个轻叹。死并不是你看到的某个样子，而是你看到之外的另一个样子。我和这张脸挨得有多近，人和死隔了就有多远，虽说从未来往这边看，我和你一样，都是死人。唔，恶来，去把它清洗一下，找块干净的地方埋了（将头颅递给恶来）

恶　来　大力士说这双眼睛像宝石。这就对了，再好看的眼睛也只是像宝石，所以我恶来向来只认宝石，不认什么像宝石。虽说咱俩也相处了几天，可直到这会儿我才头一回正经看你，因为对恶来来说，你只是一块假宝石。行吧，我这就去扔了它。（欲下）

纣　王　先别急着下。

恶　来　可真要命啊，我得这么一直捧着这个嵌了假宝石的美人头。

比　干　这世上唯有高贵的子姓商人才拥有绝地天通的特权，而高贵的子姓商王则是这世上唯一的上天元子。我们不能允许任何他族来修我们商人典，去祭祀诸神占卜未来。

纣　王　看来殷人和周人果然不是一个族类。周人喜欢一上来就趴倒在地，我们殷人却惯于横冲直撞不请自到；哪怕亲人相见，不但不给问候，还要把一颗美人头扔到你跟前来。王叔可好？

比　干　杀了这人面兽心的姬昌，便是你能给我的最好的问候。

纣　王　请王叔多一点耐心。自由奔跑能让猎物变得肥美可口。

比　干　你已经把这头猎物养得太过健壮，就差最后一张嘴，将你我一口吞下。

纣　王　敬爱的王叔，哪怕天下所有人都睡着了，您也依然能保持清醒，维护一个国家的荣誉永不厌倦。正如百姓称呼王叔的那样，您是一位圣人。

比　干　我不能让成汤打下的基业断送在你手里。（欲杀西伯）

纣　王　（挡比干剑）王叔的声音听着有些生硬，就像有人在我耳朵里塞进一把干草，还要立刻把它点着。我想王叔或许得了什么热病，需要放出一些坏血，才能获得平衡。恶来，你说比干王叔像不像圣人。

恶　来　说像又不太像，说不像倒确实也不太像。若是由西伯来算上一卦，我担心结果只会是说像也像，说不像也像。

纣　王　西伯姬昌，你立刻算一卦，比干王叔是否是一位圣人。

大巫师　来了。来了。

西　伯　（掐指算卦）微臣之前已算过多次，比干王叔确实是一位圣人。

纣　王　比干王叔可有治妲己王后心病的玲珑心？

西　伯　比干王叔确实有一颗能治妲己王后心病的玲珑心。

纣　王　王叔一向都能把握大局主持公道，（剑指比干心窝）请王叔准许我借这颗玲珑心一用。

箕　子　他已经疯了，他已经疯了。

大巫师　来了。

比　干　你要取我的心？

纣　王　正是如此，我敬爱的王叔。我下手会尽量利索，免得王叔为这碗口大小的创痛，失却平素尊贵的风范。

恶　来　（取腰间匕首给纣王）哎等等等等，拿这把小刀掏心窝才好使。它可是我先祖费昌用一块陨铁混入了玄鸟落下的半个卵蛋锻冶而成，另外半个卵蛋，让我先祖的先祖女脩给一口吞进肚子里去了。这刀虽小，可嗜血如命、削铁如泥，我一向拿它来检验各种美玉和宝石的质地。若能再喂它一顿从圣人玲珑心里流出的鲜血，就不枉它来人间走一遭了。

比　干　我一手抚养成人的侄儿要挖我的心给他的妇人吃。这件事真的是这样的吗？难道我们殷商没有别的道路通向灭亡吗？贪玩的大力士，就算你恶行滔天，我又怎忍心让你因我之故，令护佑我殷商的列祖神灵蒙此羞辱？成汤王，比干不能阻止周人灭商，留着这颗支离破碎的心又有何用？（夺纣王手中匕首，剖胸，割心掷于地）拿去吧，我的侄儿。（扔匕首，从仆从手里取过披风，披在身上，骑马离去）

箕　子　疯狂，无边的疯狂，美妙的疯狂，神圣的疯狂，永不褪色的疯狂，在苦闷无雨的天气里，被鲜血催动，抽出新芽，喷射鲜花，结下恶果。

〔箕子捡起匕首刺向纣王，纣王将其击倒。

纣　王　箕子已经疯了，把他关进大牢里去。

一二九

〔纣王下。卫兵抓箕子。箕子挣脱。

箕　子　（指西伯）他们掌握了过去，他们掌握了现在，他们掌握了将来，他们掌握了一切。（随卫兵下）

少师彊　我还是赶紧抱上乐器，跟着西伯一起去西岐找我老师吧。

大巫师　消失吧，不要继续在世人面前装疯卖傻。这荒凉的土地已被众神遗弃。

西　伯　伯邑考我的长子，当初我认出了你的肉，现在我也认得回家的路，知道何去何从。可我已经在疯人的土地上染上了疯人的病，你就等着你弟弟来为你复仇吧。快了，我的孩子。（下）

过　渡　场

【城门前】

比　干　（徘徊）走了吗？对，走，离开王都，离开朝歌，离开殷商的国土，离开那个你亲手栽培的狂徒。不，成汤王，我，有不甘。不，不管，走，离开王都，离开朝歌，离开殷商的国土，离开那个你亲手栽培的狂徒。不，成汤王，我，有不甘。比干，你有什么不甘？我，（捂着胸口）有不甘。我不能，不，不管，不管。不，我，有不甘。比干，你有什么不甘？我，（捂着胸口）有不甘。成汤王，我，比干，有不甘。我，有不甘。

农　妇　空心菜，卖空心菜啦，谁要空心菜？

比　干　空心菜？

农　妇　空心菜，你要空心菜吗？

比　干　什么是空心菜？

农　妇　你怎么那么烦人？空心菜就是没有心的菜。

比　干　菜空心还能长吗?

农　妇　空心菜生来空心,自然能长。

比　干　那人空心还能长吗?

农　妇　你这人可真是缠夹不清。人空心就死了,哪里还能长。

比　干　(解下披风)你看我是不是空心的人。

农　妇　(扔了菜篮慌忙逃走)要死啊。

比　干　噢,原来我已经死了。成汤王,我比干没了心,可我心尤不甘。(倒地死去)

第 十 八 场

【黄河边】

虞　君　这块地是你芮国的。
芮　君　这块地是你虞国的。
虞　君　既然黄河改了道,这块地就是你芮国的。
芮　君　虽说黄河改了道,这块地还是你虞国的。
　　　　〔伯夷、叔齐上。
虞　君　你我历代先祖向来都以黄河来划分你我国界,这块地是你芮国的。
芮　君　你我历代先祖向来都认定这块地是你虞国的,不管黄河如何改道。
虞　君　这块地是你芮国的。
芮　君　这块地是你虞国的。
虞　君　看来必须得抓个阄才能解决问题。
芮　君　你我确实得抓个阄才能解决问题。
虞　君　不管抓阄结果如何,这块地还是你芮国的。

芮　君　管它抓阄结果如何，这块地就是你虞国的。

虞　君　反正都是你芮国的。

芮　君　本来就是你虞国的。

虞　君　你芮国的。

芮　君　你虞国的。

虞　君　你芮国的。

芮　君　你虞国的。

…………

伯　夷　这两位吵吵闹闹争个不休，在争什么呢？

叔　齐　两人都这般气势汹汹，看样子就要大打出手。

伯　夷　这样可不好，咱们上去劝劝吧。

叔　齐　正合我意，反正咱俩闲着没事。

虞　君　你芮国的。

芮　君　你虞国的。

虞　君　你芮国的。

芮　君　你虞国的。

…………

伯　夷　原来是两位国君，在争一个"让"字。

叔　齐　争得如此不可开交，居然是想要把一块国土送给对方。

伯　夷　这可真是匪夷所思。

叔　齐　总归哪儿不太对劲。

伯　夷　两位国君如此谦让,与我们一路所见大不相同。

叔　齐　谦让是谦让,但好像并没有带来和平。

伯　夷　我们离周方地界应当已经不远了。

叔　齐　终于可以验证一下谁对谁错了。

伯　夷　都说西伯姬昌是个仁义之君,看来还真是那么回事。

叔　齐　但愿真是这么回事,不然,你我从东海之滨老远跑这里来找圣人,就太可笑了。

伯　夷　眼前这一幕和咱兄弟俩的故事多么相似啊。父王去世之后,你为了将国君之位让予我,独自偷偷跑了。

叔　齐　可我并不知道,为了让我顺利登上孤竹国王位,你也独自偷偷跑了。

伯　夷　请问两位,这里是何方地界?

虞　君　是他芮国的地界。

芮　君　是他虞国的地界。

伯　夷　芮国和虞国向来都是殷商的属国,那么说来,这里还是殷商的地盘。

虞　君　我们虞国人早把自己当作武王的臣民了。

芮　君　我们芮国人也都愿意把税缴给武王陛下。

伯　夷　武王陛下?

叔　齐　不是西伯封了儿子为王,便是儿子自封为王。

虞　君　文王已在一年前过世,说是因为在纣王杀比干时受了惊吓。

芮　君　西伯在时传位给了太子发。太子发自封为武王,又追封其父为文王,其弟姬旦为周公。

叔　齐　意思差不多,只是多绕了那么几下。

伯　夷　姬发为什么要这样做?

虞　君　灭纣啊。

芮　君　为伯邑考复仇啊。

〔武王骑马,与姜太公、周公旦、数方国将帅及众士兵同上。

武　王　诸位决心与我周人共灭商纣的盟国将帅,司马、司徒、司空诸位大夫,我姬发并不是一个多有智慧的人,也不具一呼而天下应的人望。我只是凭着有后稷、公刘、古公、季历这些德行高尚的先祖，凭着有文王姬昌这样生而有圣瑞、智慧超凡、仁惠天下故亦为天下人所爱的父亲，以及你们这些一直忠心耿耿全力辅佐我们姬姓周人的大臣和将帅，我才敢于奉我父王之名召集各方国诸侯一并起兵伐纣。现在，请你们听从太公望号令，齐头并进，速渡黄河，按着上天的旨意，去成就我们共同的灭纣大业。

周公旦　啊看，一条白色大鱼跃进了武王陛下船舱。啊看，武王陛下亲手将它抓住了。这是一个吉兆。纣可伐矣！

众　人　纣可伐矣！

周公旦　请武王陛下将大鱼燎祭给河伯，以求河神助我渡河。

〔众人在船头点起火堆，待武王行祭礼。

武　王　弟弟，我的感觉并不好。

周公旦　陛下昨晚又做噩梦了？

武　王　是。我梦见我们渡过了黄河，但未等我们上岸，商人的军队就蝗虫一般掩杀过来。我们毫无防备，只能逃回船里，但船顷刻间全消失了。我们无路可逃，要么被商人杀死，要么跳入黄河溺死。

周公旦　陛下一直担心，万一攻不下朝歌，那时再想顺从商纣已无可能，重新退守西岐也难逃商纣追击。

武　王　是啊弟弟，你会解梦，但解不了我的忧虑。你赶紧想个主意帮我解除这没完没了的梦魇吧，我被它们压得喘不过气了。

周公旦　陛下，我并没有什么好主意。我的忧虑与陛下一样多，因我与陛下有同样的心病。夜深人静之际，兄长伯邑考就会一身血糊出现在我面前，将他遭受的惨祸一遍遍重演；而失去了父王的庇护，我也一样担心，自己并无足够的才能辅佐陛下完成翦商大业。

武　王　是啊弟弟，毕竟，从古公亶父起，我们就学会了对商人唯命是从。他们要我们的王做人质，我们的王就跑去朝歌做人质；他们要我们去杀同族羌人，我们就去杀同族羌人。尽管谁都说周道日兴，殷道日衰，纣王的军队已不堪一击，可我们毕竟从未敢杀过殷商一兵一卒。

周公旦　此事或许当请教太公望，听听他有何说法。不过陛下做的那些噩梦，只是出于陛下心中忧思，算不上是什么恶兆。就在我们出征前，母亲也做了一个梦。她梦见朝歌遍地长出荆棘，商人赤身在上面奔跑，血染尘土，哀号响彻云霄。这倒可算是天灭殷商的预兆。

姜太公 伐纣时机未到。

周公旦 太公望听见我俩方才说话了？

姜太公 嗯。即便武王陛下不是如此满心忧虑，我也一样会说伐纣时机未到。

周公旦 但此次出征是太公望一再坚持才发动的。太公望说商纣淫虐自绝神人共弃，又屡伐人方国库尽耗，趁其南下未归，此时攻打朝歌是天赐良机。

姜太公 我所以坚持此时伐纣，实是另有用意，一为要陛下痛下决心与商纣决裂，从此斩断困扰陛下多年的噩梦；二为周人需要一次与实战相近的演练，也看看究竟会有多少诸侯方国前来响应。唯其如此我们方能知晓，在真正伐纣之前，我们尚需做好哪些准备。

武　王 我们一路东进，沿途有五百诸侯先后加盟，足见伐商灭纣并非我周人一家之愿,而是天下人心声。

姜太公　我们与商纣的决战一半依仗人心,一半取决于实力。无论人心还是实力,我们目前的储备都不够。这些沿途归附的五百诸侯,多为小国与部族,里面大都是匠人、牧民、渔夫和农夫,手中兵器不外榔头、锄头、鱼叉、牛鞭,声势虽大但一触即溃。他们或许不缺愤怒,却一定缺装备与训练。

武　王　渡过黄河便是盟津,有二百诸侯已在那里等着与我们合力痛击商纣。若就此半途退却失信于人,此后再提伐纣,怕无人会再来响应。

姜太公　陛下,若是我们贸然进攻却失败了,这样的信誉于周何益? 不算各路诸侯,纣王自己至少还有五十万大军,是我们的十倍。虽说这五十万大军不在朝歌,但祖伊领头的七大王族仍守护着王都,城中将士大都训练有素,骁勇善战,加之王都城池坚固,攻难守易,敌我实力之悬殊,绝非人心所向可弥补。陛下,翦商乃千古大业,只能成,不许败。

周公旦　陛下,太公望所言极是。

武　王　如何向盟军解释,我们决定就此撤退?

姜太公 （向众人）白鱼久燎不死,河伯尚无意享此祭品,现已放回黄河。恳请武王陛下班师回周,另择伐纣良机。

众　人 机不可失,纣可伐矣!

武　王 各位盟国将帅,司马、司徒、司空诸大夫,你等伐纣之意与我一样坚决,但河伯没有接受我的献祭,便是商纣命数未尽。天意不可违逆,翦商灭纣之业需另择时机。

众　人 （声音稀疏）机不可失,纣可伐矣!

武　王 你等不知天命!

周公旦 先父文王曾推算纣王死于甲子,今离甲子尚余两年。先父文王绝不会算错。请诸盟国将帅率自己的军队速离黄河,各回己方。

〔众人下。

伯　夷 你是西伯的儿子姬发吗?

武　王 你是何方人氏,如此无礼?

叔　齐 他是我的哥哥伯夷。

武　王 那你呢?

伯　夷 他是我的弟弟叔齐。

叔　齐　那你是西伯姬昌的儿子姬发吗?

武　王　我是文王之子姬发。

伯　夷　那么说西伯已让你给追封为文王了?

叔　齐　这应是西伯生前自己的意思。他在写象辞那会儿就想做王了。不敢自封为王,就让儿子先做王,等自己死了再请儿子来追封自己为王。

伯　夷　若真如此,那你是对的,我是错的,西伯姬昌还真有可能是个小人。

叔　齐　你们方才本打算去攻打王都吗?

武　王　是如此。

伯　夷　这不对。帝辛虽暴虐无道,他仍是天下共主。你以西伯之名,带这么多人马去王都乱杀一通,以下犯上不说,且与帝辛所为又有何分别?

叔　齐　姬昌是个小人,他儿子看来更不是什么好东西。咱们眼不见为净,还是赶紧离开这里吧。

伯　夷　不该看见的已经看见,不该听见的也已经听见。我得去黄河里洗干净这脏了的眼睛和耳朵,那样西伯就还是之前那个西伯。

叔　齐　前面有座首阳山,在殷商界内。我们就在山上采点野果子度日吧，饿死也不吃他们周人的粟米。

伯　夷　唔，赶紧走。

〔两人欲下。

武　王　两个无礼之徒，留下脑袋再走。

叔　齐　请便吧，还省得我俩满山去找野果了。

伯　夷　比干已掏心而死，你就赶紧动手吧，免得我俩为天下从此再无圣人徒然伤悲。

周公旦　此二人言行古怪，但不似平常之人。武王陛下切莫滥杀无辜，以免大仇未报，却结冤天下。

武　王　太公望，这两人是何方怪物？

姜太公　哈哈，他俩一个叫伯夷，一个叫叔齐，都是孤竹国的太子。为了将君位让给对方，两人不约而同逃了出来，又冤家冤业在此相聚。要说天下真有什么有德之人，怕是非这对古怪的兄弟莫属。

周公旦　（深深鞠躬行礼）姬旦久仰两位贤哲大名，请受我一拜，以恕我等方才失敬之罪。

伯　夷　那么你便是西伯的四儿子姬旦了。

周公旦　正是在下。

伯　夷　行礼颇有几分西伯当年风范。

叔　齐　果然是子承父业，假把式。

周公旦　姬旦不敢。

叔　齐　他不称自己胞兄为兄，却叫他武王陛下，还一点都不害臊。

伯　夷　为了一个称谓，连兄弟也不做了，这样的人，我们不交往。

叔　齐　我们上首阳山去吧。

　　　〔两人下。

周公旦　就连伯夷、叔齐这样的贤人也认为我们不当伐纣。看来太公望是对的，伐纣时机未到。

武　王　那就另择时机吧。

　　　〔众人均下。

　　　〔舞台深处传来歌声。伯夷、叔齐同唱《采薇歌》。

登彼西山兮，采其薇矣。

以暴易暴兮，不知其非矣。

神农虞夏忽焉没兮，吾适安归矣。

吁嗟徂兮，命之衰矣。

过 渡 场

【酒池肉林外】

〔两辆马车由数名士兵护送,从舞台一侧走向另一侧,前面的马车装着酒和酒具,后面的马车坐着喝醉了的酒匠和铜匠。车队后面跟着一群垂涎欲滴的伤残者。

小　鬼　从前朝歌没有几个鬼,除了我。自打比干做了剜心鬼,朝歌无处不闹鬼,如今已成了一座鬼城。看,(对空气指点)炮烙鬼、斩头鬼、剥皮鬼、风干鬼、油炸鬼、水煮鬼、打死鬼、吊死鬼、溺死鬼、毒死鬼、日死鬼、闷死鬼、气死鬼、恨死鬼、哭死鬼、饿死鬼,比所有这些鬼加起来还多的,(指尾随车队的伤残者)是酒鬼。万事凋零,除了侍候酒鬼的事业。看看,这两个酒鬼中的酒鬼发了大财,为防穷鬼拦劫,给纣王送酒和酒器都雇用了专门的卫队。(小鬼下)

第 二 十 场

【酒池肉林】

〔纣王与女人们穿薄衣饮酒。两侧铜炉里燃着大火。

妲　己　总算,你不用再往南边跑了。

纣　王　等春天到来的时候,我要带你一起去南方,那里现在已是我们自己的疆域。不论骑在马上、坐在车里,还是走在路上,你我不用再为刀剑分神,可以尽情享受南方湿润的空气、甘甜的雨水和柔软的东风,让劳累的身体得到应有的修复。

妲　己　原来我已到了身体需要修复的年纪。

纣　王　衰老是件肮脏的事情,不时想要提醒你它即将到场。适当的修复就是为了让它不要过早造访。

妲　己　南方的鲜花一定品种繁多吧。

纣　王　确实如此,我的王后。

妲　己　大都风姿绰约且芳香袭人吧。

纣　王　确实如此，我的王后。

妲　己　那南方的草木一定青翠欲滴吧。

纣　王　确实如此，我的王后。

妲　己　那南方的蔬果也一定娇嫩多汁吧？

纣　王　确实如此，我的王后。

妲　己　那样的话，由这样的水土滋养的女人，一定同时拥有所有这些优点吧。

纣　王　确实如此，我的王后。

妲　己　怪不得你打完人方没有急着返回朝歌，而是在南方又消磨整整三个月。

纣　王　我喜欢南方的女人和美景，但我在那里多留了三个月却是另有原因。

妲　己　是什么原因？

纣　王　如你所知，此次南伐，并非因为人方尚有利可图，而是要一劳永逸解除南方之患。但人方不仅很会打仗，而且拒绝投降。打败他们很容易，要剿灭他们却很麻烦。所以，我把剩下的清理活儿交给了离人方最近的鄂侯去处理。

妲　己　鄂侯应该趁机提了条件吧?

纣　王　那是最自然不过的事情。他一直希望提升自己在诸侯方国中的地位。

妲　己　那联姻仍是最老套又最有效的途径。他想要把他那位漂亮的女儿送给你吧。

纣　王　是的我的王后,你知道这不是什么新鲜的事情,更不是什么大不了的事情。

妲　己　什么是陛下大得了的事情?

纣　王　是你,我的王后。

妲　己　那么说来,这件没什么大不了的事情耽误了你真正大得了的事情长长三个月?

纣　王　确实如此我的王后。在那三个月里,我的士兵在鄂侯辖地得到了及时的享乐和休息。征战多年,他们需要一些放松。无论如何,我的王后,如果这桩亲事让你很不开心,我可以回绝鄂侯。按理,他这两天应该已经带女儿赶到朝歌了。

妲　己　他不会再送女儿来朝歌了。

纣　王　怎么回事?

妲　己　我已经让黑乔把鄂侯朝觐的车队给截了。

纣　王　什么时候?

妲　己　昨晚。

纣　王　黑乔把鄂侯也杀了?

妲　己　他把鄂侯的女儿给杀了，却让鄂侯给跑了。

纣　王　杀了鄂侯的女儿算不上太大的事情，让鄂侯跑了却绝不是一件小事情。

〔祖伊上。

恶　来　祖伊来了，也不事先通报一声。

纣　王　祖伊，你也开始这么横冲直撞了。

祖　伊　我有万分紧要的事情禀报陛下。

纣　王　啊祖伊，你每次从周方回到朝歌，都会带来一些有趣的故事。这次你又准备给我讲些什么样的故事?

祖　伊　陛下，王都危在旦夕。

纣　王　哦，是不是周人又在黄河对岸搞大聚会了?

祖　伊　正是如此。

纣　王　他们去年就搞过一次。我本以为这下能有个好收成了，结果还没渡河他们又缩回去了。

祖　伊　陛下，去年他们止步黄河，并非出于胆怯，是姜子牙认为时机未到。这一次，恕我祖伊直言，即便我们即刻开始备战，也不一定来得及了。

纣　王　很好。看来今年才是我们的丰收年。

祖　伊　我恳请帝辛陛下正视我们的敌人和我们自己的处境，而不是一味藐视，不然，殷商这架奔驰了六百年的马车恐怕会跌个粉碎。

纣　王　看你的样子，有很多话想一吐为快，那就说吧。

祖　伊　陛下唯妇言是听唯奸佞是用，造炮烙修鹿台建酒池肉林，毁了纲纪乱了伦常。陛下斩商容杀比干囚箕子，自斫左膀右臂，更令诸臣心寒。陛下屡伐人方，将殷商财力耗尽，军队也元气大伤。陛下无视周羌复好，且亲授姬昌黄铜大钺，令其随意征伐方国与诸侯，又听其迁都丰京，安营于黄河西岸，如此养虎为患，实为自绝生路。如今，天下八百诸侯十有八九叛商归周，百姓也竞相效尤纷纷西奔。姬昌四子姬旦借机向诸侯方国推行周礼，又自演八卦自释兆迹，妄拟天绝殷商卜辞。帝辛陛下，我们失了礼，丢掉乐，卖了祭祀权，将我大殷商绝地天通的特权拱手相让于敌人。大力士啊，我大殷商怕已是时日无多。

纣　王　多么奇怪，你的长篇大论尽管我听不同的人说过一遍又一遍，居然并未像往常那样激起我的怒火，反倒令我异常的快意甘心。继续往下说吧，祖伊。

祖　伊　敢问帝辛陛下，除了妲己和恶来，除了这些呛人的烈酒和这些古怪的酒器，还有陛下在意的事物吗？

纣　王　或许你想问的是：还有什么人在意陛下吗。这么说来，你还想告诉我，至少你祖伊是在意的。

祖　伊　我是七大王族族长，若是我也弃你而去，还有谁来出人出钱为你打仗？

纣　王　我们还有多少人马？

祖　伊　七十万，不，五十万，因为黑乔刚杀了鄂侯女儿，他的二十万人马很快将从盟友变成敌人。鬼侯与鄂侯同为三公，兔死狐悲，鬼侯的十万人马也不好作数。你有十万人方战俘，没有人比你更了解他们的习性，让他们参战，不临阵倒戈就算我们幸运。剩下的三十万士兵中有十万是伤兵，十万是新召入伍的农夫。你让黑乔做这二十万人马的千夫长，可这个犬戎国的野蛮人，只知道杀人，根本不会训练队伍。这样算来，你仅有十万真正能打仗的士兵。我们六大王族现在也是七零八落，勉强还能凑齐一支十万的队伍。

纣　王　那么说来我还有二十万大军，已经足够了。

祖　伊　二十万大军，帝辛陛下，你就快要挥霍完我们殷人自成汤大帝以来三十二代帝王积蓄的全部基业了。

纣　王　全部基业？就这些吗？

祖　伊　就这些了，我的大力士陛下。

〔酒师、铜匠上。

纣　王　啊，一切都快要花光了。我喜欢这样。

恶　来　酒师和铜匠来了。

纣　王　来看看你们带来了什么新家伙。

铜　匠　这是虎食人提梁卣。

酒　师　里面是高粱酒。

恶　来　没有珠宝，什么也没有。

铜　匠　这是饕餮纹细颈罍。

酒　师　里面是粟米酒。

恶　来　没有珠宝，什么也没有。

铜　匠　这是夔纹高脚爵。

酒　师　里面是稻米酒。

恶　来　没有珠宝，什么也没有。

铜　匠　这是弦纹短腿斝。

酒　师　里面是酸果酒。

恶　来　没有珠宝，什么也没有。

铜　匠　这是钩连雷纹觯。

酒　师　里面是甜果酒。

恶　来　没有珠宝，什么也没有。

纣　王　很好。师涓，把你的曲调定得高一些，热烈一些。现在，解除你们身上的一切束缚吧，我们来开怀畅饮，纵情欢闹。

〔纣王妲己及众人脱净衣衫，饮酒，跳舞，大笑，乱交。祖伊醉酒一般不住摇着脑袋踉跄下。幕落。

第二十一场

【黄河边】

武　王　我将渡黄河,我将破朝歌,我将斩纣王头……
众　人　纣可伐!纣可伐!
武　王　慰我父我兄之灵,及天下苍生。
众　人　纣可伐!纣可伐!
周公旦　这不唯周人与殷人之对决,更乃天下人与独夫纣王之决战。天下本天下人之天下。由此每进一尺,便是索回天下人之一尺天下。一尺复一尺,直至武王将独夫斩首,为天下人夺回天下。
姜太公　天弃辛,死甲子。文王所言,今日必将应验。
众　人　天弃辛!纣可伐!天弃辛!纣可伐!
〔一农夫唱《采薇歌》上。
农　夫　登彼西山兮,采其薇矣。
以暴易暴兮,不知其非矣。
神农虞夏忽焉没兮,吾适安归矣。

吁嗟徂兮，命之衰矣。

武　　王　这歌声好耳熟。

农　　夫　你们这是要去杀纣王吧。

周公旦　不是王，是独夫，人人可得而诛之。

农　　夫　对岸盟津聚集了一大堆人马，也是要跟你们一起去杀纣王吧。

周公旦　那里有八百诸侯。一呼而天下应，乃人心所向。

农　　夫　哦人心，看着差不多，其实说不好。你们一心要杀人，我们一心要活命，还有人一心要寻死。

周公旦　你刚才唱的歌是谁教的？

农　　夫　就是那两个一心要寻死的人，据说还是王子，亲兄弟。

周公旦　他俩现在在哪里？

农　　夫　两天前刚死在首阳山上，饿死的。

周公旦　饿死了？

农　　夫　他们只吃自己采摘的野菜野果，不肯吃村里人接济的食物，说周人的粮食他们不吃，饿死也不吃，就饿死了。

周公旦　哦，可惜了，那是两位大贤人。

农　夫　死脑筋。我也是从殷商逃过来的,在这儿种周粮吃周粮有几个年头了,有什么呢?只要有口饭吃,管它什么周粮殷粮寅粮卯粮。

周公旦　可惜,可惜了。

姜太公　贤人有贤人死法,恶人有恶人死法,死而已,皆不足惜。

农　夫　(唱)神农虞夏,忽焉没兮。吁嗟徂兮,命之衰矣。(下)

周公旦　看南方正中天,太岁星旁闪出一道红光,好似一只赤鸟。

〔天空传来一声巨响。

周公旦　啊,它叫了,降下一片金色谷雨,又即刻隐入如火之云。父王临终前有言,周人伐纣,岁在鹑火。眼下,太岁星已移至我周方分野,武王伐纣已得天帝赞许。天弃辛!纣可伐!

众　人　天弃辛!纣可伐!天弃辛!纣可伐!

姜太公　(挥动白旄)苍兕,苍兕,东风已起,装载步兵骑兵旗手将帅与战车的一切船只,左右相齐,前后相继,紧随天空的飞云,速渡黄河!

第二十二场

【牧野】

小　鬼　"我的主意已定不可改变。你们谁若违抗我的命令,我就杀死谁,谁若阻挠我的行动,我就杀死谁。"愤怒之王盘庚如此威胁那些反对他迁都的贵族和大臣,然后他带殷人南渡黄河,从山东曲阜迁回商人旧都亳,今河南商丘,再迁至殷,今河南安阳。殷人就是河南人,但并非时下住在河南的人。洹水源于太行,横穿安阳,流向东南。安阳城西边紧挨着太行山,东北边是一块高台地,对面是一片广阔的平原,就像由一只巨大的簸箕牢牢守护着。此时的大殷商,西北是羌方,西面是召方,北面是土方,东北是孟方,东南是人方。安阳城池坚固,视野开阔,且进退自如。盘庚迁都,是要抑制贵族势力,强化中央王权,然后重新逐鹿中原,扩展商人地盘。一切如其所愿,殷商很快迎来了自己最大一次复兴。

又一个多世纪之后，殷商西侧出现了一家被迫从北方豳地迁都至周原也称西岐的新邻居，周人。他们前来投靠殷商，并在不久之后成为殷商的终结者。所谓冤家聚头，东西两个大冤家聚在了中原。因而，若非盘庚执意迁都，中原将不是中原，更不会是河南；若非盘庚执意迁都，商人也不会遭遇周人。

【商方】

纣　王　太阳已经升起，朝雾还未散尽。这蚁集了兵马与刀剑的旷野，或因就要被战争的喧嚣撕破，显得格外洁净安详，就如开场前的戏台，献祭前的祭台。

祖　伊　是的，帝辛陛下，今天的牧野将成为一个大祭台。

纣　王　多么神奇的宁静啊。这些鸟儿快速无声地滑行，从这一头到那一头，又从那一头返回这一头，像是充满了预感。我身后的这些士兵，脸上显出从未有过的深思的神情，似乎他们不是要去战斗，而是在等着一样什么东西出现，像那些飞鸟一样，向我传递着异样的味道。

祖　伊　愿帝辛陛下经此一役,蠲除殷商心头大患,以千万人牲献祭先祖与诸神。

纣　王　命运正在一点一点显露自己的面容,却并未改变它一贯的扑朔迷离。无论如何,敌人和我们自己都在此一览无遗,无所隐藏。我喜欢这片开阔的平地作为埋葬周人的最终战场。

祖　伊　周人和八百诸侯的兵力加在一起,显然还不足十万。这有些出乎我的意料。回望我大殷商之旅,可谓其会如林。我这些年的担忧看来确乎有些多余。

纣　王　我们的兵力足以围猎敌人。黑乔,你带你的二十万兵马从右侧进攻。鬼侯,你带你的十万兵马从左侧包抄。我和祖伊从中路直取姬发。

鬼　侯　我信任自己部下的战斗力,但黑乔的这些人马,一个个迷迷瞪瞪东倒西歪,像是来错了地方。

黑　乔　鬼侯你放心,喝醉了酒的野人才是真野人。一旦听到战鼓和号角,他们就会立刻发起疯来,像野火点着了干草一般势不可挡。

纣　王　出发吧,鬼侯,带好你自己的人马,不必操心过多。

鬼　侯　是，陛下。

〔鬼侯带众人下。

纣　王　你的部下还能打仗吗?

黑　乔　能! 酒喝足，肉吃饱，屄日够，这会儿他们唯一想做的事情，就是杀人。

纣　王　那就赶紧出发吧。

黑　乔　遵命，陛下。(带众人下)

祖　伊　这些人边走边打着酒嗝和呼噜，连面旗帜也扛不住。陛下真指望他们能杀敌?

纣　王　杀不了，但可以迷惑敌人。至少，我不能让他们妨碍我的攻击行动。祖伊，我们的子姓族长，让你的箭士与我保持距离，一旦我的战车与骑兵靠近敌人，你就下令放箭。我要亲手击杀姬发。

祖　伊　我会紧随陛下身后，保持好距离和队形。

纣　王　(仗剑上战车，打出一个长长的呼啸)我的猛兽们，你们的猎物就在前方。现在，紧随我的车轮，去划出一片血海。(又打出一个长长的呼啸)

〔众人山呼。纣王与众人下。

祖　伊　一旦上了战场，贪玩的大力士立刻又变成了一头睥睨天下的雄狮，浑身洋溢着血气，即便是成汤王再世也不一定有这等的威仪。

【周方】

武　王　太公望，奚密的四马战车车阵布置好了吗？
姜太公　已布置停当。纣王性急，定会带自己的精锐部队从正面攻过来。只要我们的两马战车和后面骑兵步兵能稳住片刻，预先布置好的五百辆四马战车就会突然在他两侧出现，一路掩杀过去。纣王和他的士兵都未见过四马战车的浩大阵势，到时必乱阵脚。
周公旦　武王陛下多年寝不安席，备受噩梦侵扰。昨夜我几次起床，看到陛下一动不动睡得十分安稳，终于大舒一口气。
武　王　是的弟弟，此刻，我的神志格外清醒，心绪也格外宁静。
姜太公　纣王的尘烟已起，武王陛下，请动员将士吧。
武　王　（手持黄钺上战车）各友邦大君，司徒、司马、司空、亚旅、千夫长、百夫长，羌人、庸人、蜀人、髳人、卢人、彭人、濮人，上天令我姬发改其元子之姓，姬发遂广邀天下义士，于今日于此地，翦商除纣替天行罚。举起你们的盾，握紧你们的矛，排好你们的枪，不可畏怯，不可冒进，紧随我后，步步向前。

姜太公　武王伐纣，岁在甲子。

众　人　武王伐纣，岁在甲子。

姜太公　每进六步、七步，要照看左右同伴，保持队列齐整不可动摇；每砍杀四下、五下、六下、七下，要策应两侧队友，抖擞精神齐声呐喊。

周公旦　居然没有人跟着武王陛下的战车往前挪动一步。他们面面相觑，像是被对面庞大的军队吓坏了。看啊，商纣的三路大军，就像三座森林在向我们快速移动。噢，武王陛下的脸也一时间失去了血色，像是在发怒，又像是在做梦。

姜太公　他们不是被商纣的军队吓坏了，而是被自己就要去杀死近在眼前的纣王这个想法吓坏了。这是噩梦醒悟前的疑惧。在长长的六百年里，没有哪个方国撼动过他大殷商的王者地位。在过去三十年里，唯有纣王想杀谁就杀谁，莫有不从，谁敢拿起刀剑来，去取纣王性命。

周公旦 如何是好？若周人自己不敢应战，那些安插在商纣阵营里的人马也便无法倒戈呼应。

姜太公 （大声对众人）你等在此荒郊野地，当如虎如豹，如熊如狼，如狮如龙，痛击敌人永不止息；不然，后方士兵可将枪矛刺进你等身体，将你等杀死在此荒郊野地。现在，随我吕尚齐步向前，若我吕尚稍有迟疑，后方任一将士都可将手中枪矛刺进我身体，将我杀死在此荒郊野地。

周公旦 啊，太公望！这白须长者步履矫健，独独走到了众人前头。武王陛下目不旁视，却已听见身后太公望的脚步，顷刻间脸上恢复血色，重又露出可怕的怒容。啊，他们向前移动了，跟在武王陛下和太公望身后，步伐从容又坚定。武王伐纣，岁在甲子！

众　人 武王伐纣，岁在甲子！武王伐纣，岁在甲子！

【商方】

祖　伊　周人擂起了战鼓，吹响了号角。他们移动得很慢，但队列整饬，阵形清晰，每一步都迈得很坚决。他们在呐喊了，武王伐纣，岁在甲子，此起彼伏，令人毛发倒竖。天啊，帝辛陛下身后的队伍停了下来。天啊，如此庞大的一支军队，一时间像是被自己脚下的地面牢牢吸住，丝毫不得动弹。他们是在做梦吗？一个个傻呆呆看帝辛陛下率百来士兵杀向敌阵。我不能放箭，不然帝辛陛下就会死在我的箭雨里。鬼侯的部队也停住了，远远站在一侧观望。这是我早预料到的。殷商王族的战士们，丢掉你们手里的弓箭，立刻抽出短刀来，跟我去救回帝辛陛下。

〔众弓箭手弃箭抽刀冲向前方。

就像一头发狂的狮子，大力士两眼通红，在敌阵中左冲右突，大声咆哮。没有人敢将手里的枪矛对准他威猛的躯体，仿佛他随时都会掉过头来，将他们一口吞下。大力士终于唤醒了自己身后这群将士的大梦，他们速速重启战车与坐骑急驰向前，后方的步兵挥舞着刀剑紧随其后。快，快将敌人碾成粉末。天啊，这么多战车，四马战车，像是从天而降，顷刻间将我们的车阵冲得人仰马翻，步兵乱了阵脚，跟着溃逃四散。奚密啊，你的历代先祖会来清算你的大罪。

〔黑乔上。

黑　乔　祖伊！

祖　伊　黑乔，你的人马怎么往我这边冲来？

黑　乔　我是戎狄国王子。纣王杀了我父亲母亲和全族。今天是我的复仇之日，我等到了。

祖　伊　去死吧畜生。

黑　乔　要死在你这老东西剑下实在太难。（刺祖伊）

祖　伊　帝辛陛下，我的大力士，殷商的路要走完了。（死去）

黑　乔　你们这些可耻的俘虏，你们这些一钱不值的奴隶，你们这些被杀光了亲人的孤儿，你们这些本当去做人牲的畜生，握紧你们手中的刀剑，跟我去斩杀纣王。

〔纣王上。

纣　王　这些追随我征战多年的士兵,从来但闻战鼓震动,四肢便充满了力量,眼中绝无一丝疑惧,只有一团团嗜血的火光。他们总是迅捷冲向敌人,就像猛兽扑向弱小的动物,要给它们致命一击。可今天,他们就像是在梦游,不再认识我,也不再认识他们自己。哦不是的,他们是不再认识自己对面的这些敌人。相距再远,是羊是狼也能一眼辨别。和我一样,他们一直以为今天只是过来宰羊,结果却迎来了一大群比豺狼更贪婪的鬣狗。我的战士已不再相信自己的眼睛,一旦不再相信自己的眼睛,他们便无法相信自己的四肢和手中的刀剑。看,我的军队不仅被这群肮脏的鬣狗疯狂撕咬,好像还开始了自相残杀。黑乔,你来这里干什么?

〔黑乔刺纣王,纣王受伤。

黑　乔　来亲手杀死自己的仇人,用他的脑袋作酒杯,用他的骨头当号角,吃他的肉喝他的血。

〔纣王挥剑杀死黑乔。

众　人　武王伐纣,岁在甲子。武王伐纣,岁在甲子。

纣　王　鬼侯也倒戈了。我的将士们从一场梦坠向了另一场梦。尽管太阳已经升到中天，他们却再也不会醒来，因为死亡很快就会接上他们的大梦。

众　人　武王伐纣，岁在甲子。武王伐纣，岁在甲子。

纣　王　这场面虽说没有料到，却也理所应当。目睹了太多人间的习俗，我早已暗暗等着这一天到来。它已经来了。（下）

第二十三场

【南郊鹿台】

恶　来　（一手抓龟壳一手握贴身匕首，拿匕首逐一轻叩珠宝，每清点一件就在龟壳上刻下一个记号一个数字）我最讨厌乌龟壳了，可还是得跟它打交道啊。谁有这货厉害啊，连大力士都输给它了。唔这个（咬），倒是白白净净，可惜身段有点僵硬。这个才叫光彩照人，得刨开多少座山方能见得这张脸？这个，一块地地道道的石头，怎么混进来的？可好眼熟（拿匕首猛刺）。这么硬。嗨，不就是那块验身石嘛，说是跟女娲补天有点啥关系（嗅）。想起来是我自个儿把它送过来的。怎么摸它都不肯变红，因为我恶来不是童女。这块是玉。最烦玉了，不温不火死样怪气，就他们周人喜欢，说玉是君子、君子是玉。你听他们瞎扯。这个蓝幽幽的，像是水做的，十有八九是从海里来的。唉，海，大海，可惜了，至今都没见过我恶来。大力士见过大海，有啥用啊？外头怎么这么吵？莫非是要来抢我恶来的珠宝？大力士啊，你见过大海，你得帮我挡住。哎大力士，你个头是大的，才能是高的，心气是傲的，口才是好的，可眼力是差的。你只知道酒是香的该往嘴里送，狐狸是美的要往怀里抱，却在谁也找不到谁也看不见的地方，胡乱堆放了这么多奇珍异宝。行，留给我恶来挺好。比起易变的人心、易臭的皮囊、易酸的酒，这些冰冷的珠宝才叫恒定、才叫坚固、才叫忠贞。

〔纣王上，身上淌血。

恶　来　武王陛下啊，让恶来替你保管这些稀世珍宝吧。这世上再没有别的手比我恶来的手更适合来擦亮它们，再没有别的眼睛比我恶来的眼睛更适合来照看它们。

纣　王　演得不错，恶来。

恶　来　不要吵帝辛陛下你不要吵。它们稀里糊涂让你占有了一辈子，不妨让我恶来全心全意地占有片刻。至少这会儿它们是我的。

纣　王　它们全都是你的了。你最好收拾得快一些,一会儿它们就不再是我的了。

恶　来　保不齐还会是我的。

纣　王　(点火)这炮烙虽已弃用,可这大火还能燃起。

恶　来　你在流血,帝辛陛下。

纣　王　妲己王后呢?

恶　来　你说妲己王后,噢,她一直在找布条,一块牢靠一点的布条。我和喜妹帮她找了许多绳子,牢得够她在横梁上挂一辈子,可她全都看不上,说是太丑了。人到了走投无路时,都会明白自己最想要的是什么。陛下要的是妲己,我恶来要的是珠宝,妲己王后要的是一块布条。

纣　王　哦,她打算自己了断。

恶　来　像是这么回事。除了帝辛陛下,恐怕是没人能帮上妲己王后的忙了。要知道周人一向都巴不得把大殷商王族的女人一个个都弄到自家床上去。无论如何,我恶来管不了那么多了,我得赶紧把这些宝贝挪个地方,放到我家库房里去。就算周人明天就派人来拉走,我恶来能跟它们厮守一天就厮守一天。

一七三

（搬珠宝）

〔妲己上。

妲　己　我不要我的身体继续留在这世上，它只属于陛下和我自己。他们对着它指指点点，妲己妲己妲己妲己妲己，把我的名字变成一口口毒液吐到它上面，哪怕我早已不在那里。若是能让它完全消失，化成一道气，哪怕变成一团灰……哦我不能跳炮烙，那是我要造的，而不是为我造的。我决不让它变成送给我自己的诅咒。可是，就用这一片轻薄的丝绢吗？或是那一截丑陋的绳子？还是让我的大力士来了断我吧。

〔纣王一直站着粗重地喘气，此时坐倒在地。

妲　己　啊我的帝辛陛下，我的丈夫，在流血。

纣　王　这把剑坏了，这把刀也坏了，这只箭袋，已经空了，追随我左右的人全都走了。可以收场了，就像跟在烈焰后面升起的一股青烟，很快要在风中飘散。

妲　己　好深的刀口。谁能把剑刺进你的身体？让这整个殿宇都无法压弯的身躯受了如此重创。

纣　王　没有人有这样的力量,除非我毫无防备。

妲　己　是我的贪心杀死了你。我本指望由你来亲手毁掉这陪伴你多年的肉身,就像你之前满足我每一个心愿那样,来满足我最后一个心愿。可现在,我是不是只能眼睁睁看着你死去?

纣　王　给我一樽酒。只有酒能替代血,为我补充些许体力,让我的生命稍作停留。

〔妲己取酒。

纣　王　这命运的线条,我曾经对它多么好奇,想看看它是否真的那么乏味,是否一切都是必然,不允许有任何意外,不接受任何人的挑战。此刻它看上去是多么清晰,因为我正站在它的末端,看到了它的全部。是的,我看见了,但仍然只是可能,而不是那不可能。

妲　己　(喂纣王酒)若是我的血能够流进你的血脉,我愿把它们全都装进这只酒樽。

纣　王　有些人的生命如同溪水,缓缓流淌又细又长;有些人的生命充满了羊羔的哭声,靠着哀叫保全种族。我的王后,我的血管里游荡着不安的野兽,只要活着，我就不能平静。这是我从商人先祖那里继承的秘密，这不可改变的秘密，需要我们有一天自甘灭亡。我亲爱的王后，现在我们必须去独自迎接死亡，无论你选择活，或是选择死，都让我们在此分别吧。

妲　己　啊这太残忍，这太残忍。

纣　王　（站起）我挥霍了你们在人间的家产，现在就让我来挥霍我自己吧。（刎颈后跳入炮烙）

妲　己　比起这划分过天下疆域又刚刚带走了我爱人的宝剑，还有什么更适合结束我的生命？（将剑顶入胸口，死去）

〔武王、周公及姜太公上。

武　王　你是谁？

恶　来　从打扮和长相看，我猜你是西伯的儿子；不，你已经追封西伯为文王，那么从打扮和长相来看，我猜你是文王的儿子；不，你早已封自个儿为武王不再是任何人的儿子；那么从打扮和长相来看，我猜你是武王姬发；不，武王陛下。可是，这么快吗，武王陛下就要来清点自己的财宝了？就不愿我恶来再多陪它们一会儿吗？要知道在武王陛下双脚踏进鹿台之前，所有这些还全是属于我恶来的。行吧，全归你了，连同它们之前的主人我恶来本人。

武　王　那么，你就是恶来。

恶　来　绝不会是别人。不管武王陛下打算让它们留在这里还是运回丰京，或是存放在武王陛下的恶来家的库房里，它们都是武王陛下的了，当然，存放在武王陛下的恶来家的库房里一定是最最妥当的。可不是嘛，只有喜欢珠宝的人才会看管好珠宝。我早已将这鹿台的所有财宝清点得一清二楚，（将龟壳递给武王）武王陛下拿着这份清单，什么时候想用哪一款，只需跟我恶来打声招呼，我恶来立马就能找了出来送到武王陛下跟前。我恶来可以保证，除非得到武王陛下本人的指令，谁也休想从我这儿偷走哪怕一小粒。

周公旦　这助纣为虐的恶奴，当立刻处死。

武　王　不，我要留着他看管国库，无论如何他救过父王。

恶　来　英明的决断。我恶来因贪婪出名，却从不是因为挥霍。我只是学了蚂蚁搬家，把国库里的财宝都搬回到自家的库房。对武王陛下来说，放在哪里还不都是放在自家国库里吗？

武　王　你看见商纣了吗？

恶　来　他刚才还在跟妲己两个唠唠叨叨，后来就跳进火坑里去了。那个好像就是妲己。

武　王　多么痛恨，我不能亲手杀死我们姬姓的仇人。（命手下）把商纣的尸体吊上来。就算你将自己烧成了灰烬，我也要向你复仇。

〔纣王烧焦的尸体由众人从炮烙吊上半空。武王搭好弓箭，先后三次射中纣王前额。

武　王　这一箭为我兄长伯邑考的冤魂，这一箭为我父亲姬昌七年牢狱之辱，这一箭为天下百姓对你这独夫的深仇大恨。

〔纣王的尸体降下。武王手持黄铜大钺上前。

武　王　这把大钺当初你亲手丢给我父亲，现在我用它来割下你的头颅。（割纣王头，将其插到由一旗手高举的白旗上）

姜太公　将妲己的头也割下，插上大白旗。

周公旦 岂能放过这妖孽。(割妲己头,将其插到由另一旗手高举的白旗上)

〔一士兵扶箕子上,武庚东张西望跟在后头。

武　庚 呃呃呃呃。

箕　子 若是人间本身就是一座大牢,又何必将我从牢里放出。除非,他们想要殷商派出一个代表,来接受他们的羞辱。

姜太公 这是商纣的儿子武庚吗?

武　庚 呃呃呃呃。

恶　来 他是武庚。我来跟他做个游戏你就知道了。武庚,过来。

武　庚 (走近恶来)呃呃呃呃。

恶　来 咱们还是跟之前一样,我来喊你来指,指对了给你喝酒。

武　庚 呃呃呃呃。

箕　子 武庚,不要玩这个肮脏的游戏!

恶　来 鼻子!鼻子!眼睛!鼻子!额头!卵子!猜中了。嘴巴!卵子!你又猜中了。(递酒给武庚)没错吧,他是武庚。

武　庚　（喝酒）呃呃呃呃。呃——

周公旦　殷商余民仍可以留在朝歌，由武庚做你们的国君。

武　庚　（喝酒）呃呃呃呃。呃——

周公旦　周天子武王陛下有令，你们殷人可依旧拥有自己的宗庙，在里面祭祀自己的先祖，但每次所用牛羊大牢不得超过三头，且不得用酒醴，不得奏国乐，不得用鼎状礼器。你们殷人不得以龟甲或蓍草求占问卜，更不得私自祭祀上天诸神。为了不至让你们沦落为平民，周天子允许你们拥有少量食邑，在划归你们的地界内，与你们过去的臣民生活在一起。商纣行恶，百姓无罪。周天子将奉承天命降福于殷商百姓。你们要安居乐业，勤勉劳作，不得心生二意，忤逆天命，与你们的主子一起作乱，不然，周天子将杀死你们，决不姑息。

〔众人抬九鼎上。

箕　子　箕子，你的殷商已亡，你的性命无忧，请你举起手来挡住自己的脸，一直挡到他人无法辨认。

武　王　上天已改其元子为我姬姓周人，此九鼎乃黄帝亲手所铸,也已归属我姬姓周人。从此,天下是我姬姓周人的天下。

〔众人山呼。

第 二 十 四 场

【殷墟】

小　鬼　箕子想要远离自己的故土，请求武王把他分封到朝鲜。几年后，他带着贡品回到了中土。朝觐过周天子，箕子再次来到了昔日的商都朝歌。洹河水依旧流淌不息，两岸光辉的土地已由焦土变成荒地。神圣的宗庙，威严的大殿，曾经堆满了奇珍异宝的鹿台长出了一片片绿油油的青草和麦子。

〔箕子上，小鬼在远处废墟上舞蹈。

箕　子　动荡的麦田，苍翠的野草，不倦地吸收着死人的养分。那个贪玩的孩子越走越远，消失在天空下面，不会回过头来和他的兄弟一起玩耍。他不会回过头来，和他的兄弟一起玩耍。（下）

小　鬼　1899年夏天，北京的国子监祭酒王懿荣得了疟疾拉肚子。这位太学校长懂一点中医，便自己从菜市口一家药店抓了一服中药。这服药里有一味是龙骨，其实就是龟甲。他发现龙骨上有文字，有点像篆文，便跟药店老板讲定，以后凡遇到上面有字的龙骨全都送到他府上，他会一律高价买下。这些龙骨上的文字便是甲骨文。从那时起，遥远的殷商跟你们发生了实实在在的关系。关于纣王，也有了一些新的说法。你们读的一向都是当年的赢家写就的历史，以后的赢家很乐意继续在上面添枝加叶雪上加霜，因为他们都懂得赢的秘密，更懂得赢的秘密必须深藏在黑暗里。而现在，你们终于有机会听到殷人自己发出的声音，在那个声音里，没有纣王，只有帝辛。一个人同时拥有两个名字，一个享有上天的荣耀，一个接受你们人间的羞辱，差别如此之大，在你们的历史上也仅此一例。就连你们的司马迁，对此也颇感为难，这位胜利的失败者，最终将它们合而为一，称那个人为帝纣。总之，他曾经是帝，后来失败了，并且万劫不复。赢，胜过一切雄辩的言辞，在真实走出黑暗之前，认同赢永远是一种安全的选择，这一点，连我也懒得反对。武王灭纣，将子姓殷人从朝歌遣散，但并未彻底毁坏他们的宗庙，斩断他们的血脉。纣子武庚试图复国，他没有成功。武王的儿子成王杀了武庚，立另一脉子姓殷人微子启为殷人之后，并分封到宋国。从那以后，在殷人的国土很少再有真正意义上的殷人。在甲骨被发现以前，昔日的安阳已是一片废墟，我们叫它殷墟。现在安阳是一座城市。这座城市的主要经济来源便是碰巧建在殷墟之上的一座钢厂所生产的钢铁，你们保护殷墟的经费正好也来自这个每天都在破坏殷墟的工厂。你们对从那一带来的河南人多少有一些奇怪的恶意，难道你们隐约觉得自己就是周人的后代？要真是那样，为什么你们又把殷人占卜用的甲骨称作龙骨，并且认定将它磨成粉末就可治你们的腹泻呢？无论如何，你们这些看重人间温情的人，可能真的对那些古怪的殷人十分厌倦，或许你们真的只能在昔日的周人那里找到你们想要的那点亲切感。

图书在版编目（CIP）数据

纣王 / 康赫著. —— 北京：北京联合出版公司，
2022.6
ISBN 978-7-5596-6093-0

Ⅰ.①纣… Ⅱ.①康… Ⅲ.①话剧剧本 - 中国 - 当代
Ⅳ.① I234

中国版本图书馆 CIP 数据核字 (2022) 第 049806 号

纣　　王

作　者：康　赫
出 品 人：赵红仕
策　　划：乐府文化
责任编辑：夏应鹏
责任印制：耿云龙
特约编辑：李　洁　春　霞
营销编辑：盐　粒　晓　彤
书籍设计：此　井

北京联合出版公司出版
(北京市西城区德外大街 83 号楼 9 层　100088)
北京联合天畅文化传播公司发行
北京美图印务有限公司印刷
新华书店经销
字数 80 千　787mm × 1092mm　1/32　印张 6.25
2022 年 6 月第 1 版　2022 年 6 月第 1 次印刷
ISBN 978-7-5596-6093-0
定价：39.80 元

版权所有，侵权必究
未经许可，不得以任何方式复制或抄袭本书部分或全部内容本书
若有质量问题，请与本公司图书销售中心联系调换。
电话：(010) 642 58472-800